KB106740

섬

LES ILES

LES ILES

섬
그르니에 선집   1
장 그르니에

김화영 옮김

민음사

『섬』에 부쳐서   알베르 카뮈

알제에서 이 책을 처음으로 읽었을 때 나는 스무 살이었다. 내가 이 책에서 받은 충격, 이 책이 내게, 그리고 나의 많은 친구들에게 끼친 영향에 대해서 오직 앙드레 지드의 『지상의 양식』이 한 세대에 끼친 충격 이외에는 비길 만한 것이 없을 것이다. 그러나 『섬』이 우리에게 가져다준 계시는 또 다른 차원의 것이었다. 지드적인 감동은 우리에게 찬양의 감정과 동시에 어리둥절한 느낌을 남긴 반면, 이 책이 보여 준 바는 우리에게 알맞은 것이었다. 사실 우리는 모럴이라는 굴레에서 해방되고, 지상의 풍성한 열매들을 노래할 필요를 새삼스럽게 느낄 형편은 아니었다. 지상의 열매들은 손만 뻗으면 닿는 곳에, 빛 속에 열려 있었다. 입 안에 넣어 깨물기만 하면 될 일이었다.

우리 중 몇몇 사람들에게 가난과 고통은 물론 현실적으로 존재하는 사실이었다. 다만 우리는 우리의 피 끓는 젊음의 온 힘을 다해 그것을 거부하고 있었다. 세계의 진실이란 이 세계의 아름다움과 그 아름다움이 나누어 주는 즐거움 속에 있는 것이었다. 이리하여 우리는 감각 속에서, 세

5

계의 표면에서, 빛과 파도와 대지의 좋은 향기 속에서 살고 있었다. 『지상의 양식』이 그 행복에의 초대와 함께 찾아온 것이 우리에게 너무 뒤늦은 일이었다는 점은 바로 이런 까닭이었다. 행복으로 말할 것 같으면 우리는 그것을 우리의 오만한 직업으로 삼고 있는 터였다. 그와는 반대로 우리는 우리의 탐욕으로부터 좀 딴 곳으로 정신을 돌릴 필요가 있었고, 우리의 저 야성적인 행복으로부터 깨어날 필요가 있었다. 물론 음울한 설교자들이 이 세상과 우리를 둘러싸고 있는 생명들 위에 저주의 말을 던지면서 우리들의 바닷가에 서성거리기라도 했더라면 우리의 반응은 격렬하거나 혹은 지극히 냉소적인 것이었으리라. 우리에게는 보다 섬세한 스승이 필요했다. 예컨대 다른 바닷가에서 태어나, 그 또한 빛과 육체의 찬란함에 매혹당한 한 인간이 우리에게 찾아와서 이 겉으로 보이는 세상의 모습은 아름답지만 그것은 허물어지게 마련이니 그 아름다움을 절망적으로 사랑하지 않으면 안 된다는 사실을 그 모방 불가능한 언어로 말해 줄 필요가 있었다. 그러자 곧 그 어느 시대에나 한결

6

섬

같은 이 거대한 테마가 우리의 마음속에서 기막힌 새로움으로 진동하기 시작했다. 바다, 햇빛, 얼굴들이 어떤 보이지 않는 장벽에 가려지면서 여전히 그 매혹은 살아남았으되 우리에게서 점차 멀어지는 것이었다. 요컨대 『섬』은 우리에게 환멸의 비밀을 가르쳐 주기 위해 찾아온 것이었다. 이리하여 우리는 문화라는 것을 발견했다.

과연 이 책은 우리가 우리의 왕국으로 여기고 있던 감각적인 현실을 부정하지 않으면서도 그와 병행하여 우리의 젊은 불안이 어디서 오는 것인지를 설명해 주는 또 다른 현실을 보여 주었다. 우리가 확실히 알지 못하면서 막연하게 체험한 감격과 긍정의 순간들은 『섬』의 가장 아름다운 페이지에 영감의 원천이 되었거니와 그르니에는 그것들의 영원한 흥취와 동시에 덧없음을 우리에게 상기시켜 주었다. 그러자 곧 우리는 우리가 돌연히 느끼곤 했던 우수가 무엇인지를 깨닫게 되었다. 척박한 땅과 어두운 하늘 사이에서 힘들게 일하며 사는 사람은 하늘과 빵이 가볍게 느껴지는 다른 땅을 꿈꾸게 된다. 그는 희망을 가져 보는 것이

7

다. 그러나 빛과 둥근 구릉들로 진종일 마음이 흡족해진 사람들에게는 더 이상의 희망이 없다. 그들이 꿈꿀 수 있는 것은 오직 상상 속 타고장뿐이다. 이리하여 북쪽 사람들은 지중해 기슭으로, 혹은 빛과 사막 속으로 도망쳐 오지만 빛의 고장 사람들은 눈에 보이지 않는 세계 속으로밖에 또 어디로 도망칠 수 있겠는가? 그르니에가 그리고 있는 여행은 상상의 세계, 눈에 보이지 않는 세계 속으로의 여행, 섬에서 섬으로 찾아 떠나는 순례다. 그것은 허먼 멜빌이 『마디』* 속에서 다른 방법으로 보여 준 순례와 마찬가지다. 짐승은 즐기다가 죽고 인간은 감탄하다가 죽는다. 마침내 이르게 되는 항구는 어디일까? 바로 이것이 이 책 전편을 꿰뚫고 지나가는 질문이다. 이 질문은 사실 책 속에서 오직 하나의 간접적인 해답을 얻을 뿐이다. 과연 그르니에는 멜빌과 마찬가지로 절대와 신성(神性)에 대한 명상으로 그의 여행을 끝내고 있다. 힌두교도들에 대한 말 끝에 그는 그 이름도 알 수 없고 어디에 있는지도 알 수 없는 어떤 항구, 영원히 이르지 못할 만큼 멀고 그 나름대로 인적이 없는 어

* 원제는 *Mardi: and a Voyage Thither*(1849).

떤 다른 섬 이야기를 우리에게 들려준다.

여기서도 역시, 전통적인 종교들과 무관하게 성장한 한 젊은 사람에게는, 이 조심스럽고 암시적인 접근이 아마 보다 더 깊이 있는 반성으로 이끄는 유일한 방식이었던 것 같다. 개인적으로 나에게 신이 없었던 것은 아니었다. 태양과 밤과 바다……는 나의 신들이었다. 그러나 그것은 향락의 신들이다. 그들은 가득히 채워 준 뒤에는 다 비워 내는 신들이다. 오직 그들과만 더불어 지냈더라면 나는 향락 그 자체에 정신이 팔려 그들을 잊어버리고 말았을 것이다. 내가 어느 날 그 오만한 마음을 버리고 나의 이 자연신들의 품으로 돌아갈 수 있게 되기 위해서는 누군가가 나에게 신비와 성스러움, 인간의 유한성, 그리고 불가능한 사랑에 대해 상기시켜 줄 필요가 있었다. 이처럼 내가 그르니에에게서 얻은 것은 확신들이 아니었다. 그는 나에게 확신을 줄 수도 없었고 주려 하지도 않았다. 반대로 나는 그에게서 의혹을 얻었다. 그 의혹은 끝이 없을 것이다. 그것은 예를 들어 나로 하여금 오늘날 흔히 쓰는 의미에서의 휴머니스트,

9

다시 말해 근시안적인 확신들 때문에 눈이 먼 사람이 되지 않도록 보호해 주었다. 『섬』 속을 뚫고 지나가는 이 영혼의 떨림은 하여튼 나의 경탄을 자아냈고 나는 그것을 모방하고 싶어 했다.

나는 혼자서, 아무것도 가진 것 없이, 낯선 도시에 도착하는 것을 수없이 꿈꾸어 보았다. 무엇보다 그렇게 되면 '비밀'을 간직할 수 있을 것 같았다.**

그렇다. 이것이 바로 내가 알제의 저녁 속을 걸어가면서 마음속으로 되풀이해 보노라면 나를 마치 취한 사람처럼 만들어 주던 저 일종의 음악 같은 말들이다. 나는 새로운 땅으로 들어가고 있는 듯했고, 우리 도시의 높은 언덕배기에서 내가 수없이 끼고 돌던 높은 담장들에 둘러싸인 채 그 너머로 오직 눈에 보이지 않는 인동꽃 향기만을 건네주던, 가난한 나의 꿈이었던 저 은밀한 정원들 중 하나가 마침내 내게로 열려 오는 것만 같았다. 내 생각이 틀린 것은

** 「케르겔렌 군도」 중에서

아니었다. 과연 비길 데 없이 풍성한 정원이 열리고 있었
다. 그 무엇인가가, 그 누군가가 내 속에서 어렴풋하게나마
꿈틀거리면서 말하고 싶어 하고 있었다. 이 새로운 탄생은
어떤 단순한 독서, 어떤 짤막한 대화 한마디만으로도 한 젊
은이에게서는 촉발시킬 수 있는 것이다. 펼쳐 놓은 책에서
한 개의 문장이 유난히 도드라져 보이고 한 개의 어휘가 아
직도 방 안에서 울리고 있다. 문득 적절한 말, 정확한 어조
를 에워싸고 모순이 풀려 질서를 찾게 되고 무질서가 멈춰
버린다. 그와 동시에 벌써 그 완벽한 언어에 응답이라도 하
려는 듯 수줍고 더욱 어색한 하나의 노래가 존재의 어둠 속
에서 날개를 푸득거린다.

　내가 『섬』을 발견하던 무렵 나도 글을 쓰고 싶어 했던
것 같다. 그러나 그 막연한 생각이 진정으로 나의 결심이
된 것은 이 책을 읽고 난 뒤였다. 다른 책들도 이 같은 결심
에 도움을 준 것이 사실이지만 일단 그 역할이 끝나자 나는
그 책들을 잊어버렸다. 그와는 달리 이 책은 끊임없이 나
의 내부에 살아 있었고 이십 년이 넘도록 나는 이 책을 읽

11

고 있다. 오늘에 와서도 나는 『섬』 속에, 혹은 같은 저자의 다른 책들 속에 있는 말들을 마치 나 자신의 것이기나 하듯이 쓰고 말하는 일이 종종 있다. 나는 그런 일을 딱하다고 생각지 않는다. 다만 나 스스로에게 온 이 같은 행운을 기뻐할 뿐이다. 그 어느 누구보다 적절한 시기에 스스로의 마음을 쏟으며 스승을 얻고, 그리하여 여러 해 여러 작품들을 통하여 그 스승을 끊임없이 사랑하고 존경할 필요를 느꼈던 나 자신에게는 더없이 좋은 행운이었다.

적어도 생애에 한 번은 저 열광에 찬 복종의 마음을 경험할 수 있다는 것은 아닌 게 아니라 행운이라 할 수 있다. 우리들의 지식인 사회가 온통 매료되어 있는 어정쩡한 진리들 중에는 저마다 마음속으로 다른 사람의 죽음을 원하는 저 자극적인 진리도 섞여 있다. 그러다 보니 이내 우리는 모두가 주인이요 노예가 되어 서로 죽이는 꼴이 되고 만다. 그러나 주인(maître)이라는 말은 다른 뜻도 지니고 있다. 그 의미로 인하여 스승과 제자는 오직 존경과 감사의 관계 속에서 서로 마주 대하게 된다. 이럴 경우 중요한 것은 의식의 투쟁이 아니라, 일단 시작하면 그 생명의 불이 꺼질 줄 모르며 서로의 생애를 가득 채워 줄 수 있는 대화인 것이다. 이 오랜 기간에 걸친 교류는 예속이나 복종을 요구하는 것이 아니라 다만 가장 정신적인 의미에서의 모방을 야기한다. 끝에 가서 제자가 스승을 떠나고 그의 독자적인 세계를 완성하게 될 때 ── 실제에 있어서 제자는 언제나 자신이 모든 것을 얻어 가지기만 했던 시절에 대한 향수를 지니면서 자신은 그 어느 것에도 보답할 수 없으리라는 것을 잘 알고 있는데도 ── 스승은 흐뭇해한다. 이와 같이 해서 여러 세대에 걸쳐 정신이 정신을 낳는 것이며 인간들의 역사는 다행스럽게도 증오 못지않게 찬미의 바탕 위에도 건설되는 것이다.

13

그러나 그르니에라면 이러한 어조로 말하지는 않을 것이다. 그는 오히려 한 마리 고양이의 죽음, 어떤 정육점 주인의 병, 꽃의 향기, 흐르는 시간의 이야기를 더 좋아한다. 이 책 속에서 정말로 다 말해 버린 것은 아무것도 없다. 여기서는 모두가 어떤 비길 데 없는 힘과 섬세함으로 암시되어 있다. 정확하면서도 꿈결 같은 이 가벼운 언어는 음악처럼 흐른다. 이 언어는 빠르게 흐르지만 그 메아리들은 긴 여운을 남긴다. 굳이 비교하려면 프랑스어로부터 새로운 악센트를 이끌어 낸 샤토브리앙과 바레스에 견주어 보아야 할 것이다. 하지만 견주어 무엇 하랴! 그르니에의 독창성은 그런 비교를 필요로 하지 않는다. 그는 다만 우리에게 단순하고 친숙한 경험들을 눈에 드러나게 꾸미는 일 없는 언어로 이야기한다. 그러고 나서 그는 우리 각자 좋은 대로 해석하도록 맡겨 둔다. 단지 이런 조건에서만 예술은 남을 강요하지 않는 천부의 재능이다. 이 책으로부터 그토록 많은 것을 얻은 나로서는 이 천부의 재능이 지닌 폭을 잘 알고 있으며 내가 얼마나 그 혜택을 입고 있는지 잘 인식하고 있다. 한 인간이 삶을 살아가는 동안에 얻는 위대한 계시들은 매우 드문 것이어서 기껏해야 한두 번일 수 있다. 그러나 그 계시들은 행운처럼 삶의 모습을 바꾸어 놓는다. 살려는 열정, 알려는 열정에 불타는 사람들에게 이 책은 한 페이지 한 페이지 넘길 때마다 그와 비슷한 계시를 제공하리라는 것을 나는 안다. 『지상의 양식』이 감동시킬 대중을 발견하는 데 이십 년이 걸렸다. 이제는 새로운 독자들이 이 책을 찾아올 때가 되었다. 나는 지금도 그 독자들 중 한 사람이고 싶다. 길거리에서 이 조그만 책을 펼쳐 본 후 겨우 그 처음 몇 줄을 읽다 말고는 다시 접어 가슴에 꼭 껴안은 채 마침내 아무도 없는 곳에 가서 정신없이 읽기 위해 내 방까지 한걸음에 달려갔던 그날 저녁으로 나는 되돌아가고 싶다. 나는 아무런 회한도 없이, 부러워한다. 오늘 처음으로 이 『섬』을 펼쳐 보게 되는 저 낯모르는 젊은 사람을 뜨거운 마음으로 부러워한다.

글의 침묵   김화영

아무나 글을 쓰고 많은 사람들이 거리에서 주위 온 지식들로 길고 긴 논리를 편다. 천직의 고행을 거치지 않고도 많은 목소리들이, 무거운 말들이 도처에 가득하고, 숱하고 낯선 이름들이 글과 사색의 평등을 외치며 진열된다.

정성스럽게 제작한 종이 위에 말 없는 장인이 깎은 고결한 활자들이 조심스럽게 찍히던 시대로부터 우리는 얼마나 멀리 떠나왔는가? 노랗게 바랜 어떤 책의 첫 장을 넘기고 속표지 왼쪽 머리에 "장인 마리오 프라시노가 고안한 장정 도안에 의거하여 그리예와 페오의 아틀리에에서 제조한 벨랭지(紙)에 1부터 500까지의 번호를 메긴 500부와 501부터 550까지의 번호를 매긴 비매품 50부의 특별 장정본을 따로 인쇄하였다."*라고 명시해 둔 안내말을 읽을 때면 마치 깊은 지층 속에 묻혀 화석이 된 문화를 상상하는 듯하다. 그런 책 속에는 먼 들판 끝에 서 있는 어느 집 외로운 창의 밤늦은 등불 빛이 잠겨 있는 듯하다. 그러나 이제 사람들은 썩지 않는 비닐로 표지를 씌운 가벼운 책들을 쉽사리 쓰고 쉽사리 빨리 읽고 쉽사리 버린다. 재미있는 이야기, 목소리

17

* 내가 처음 번역의 대본으로 삼은 갈리마르 출판사 "블랑슈 총서" 1959년판에 명시된 안내문.

가 높은 주장, 무겁고 난해한 증명, 재치 있는 경구, 엄숙한 교훈은 많으나 '아름다운 글'은 드물다.

잠 못 이루는 밤이 아니더라도, 목적 없이 읽고 싶은 한두 페이지를 발견하기 위해 수많은 책들을 꺼내서 쌓기만 하는 고독한 밤을 어떤 사람들은 알 것이다. 지식을 넓히거나 지혜를 얻거나 교훈을 찾는 따위의 목적들마저 잠재워지는 고요한 시간, 우리가 막연히 읽고 싶은 글, 천천히 되풀이하여, 그리고 문득 몽상에 잠기기도 하면서 다시 읽고 싶은 글 몇 쪽이란 어떤 것일까?

겨울 숲속의 나무들처럼 적당한 거리에 떨어져 서서 이따금씩만 바람 소리를 떠나보내고 그러고는 다시 고요해지는 단정한 문장들. 그 문장들이 끝나면 문득 어둠이나 무(無), 그리고 무에서 또 하나의 겨울나무 같은 문장이 가만히 일어선다. 그런 글 속에 분명하고 단정하게 찍힌 구두점.

그 뒤에 오는 적막함, 혹은 환청, 돌연한 향기, 그리고 어둠, 혹은 무, 그 속을 천천히 거닐고 싶어 하는 사람들을

18

위하여 나는 내가 사랑하는 이 산문집을 번역했다. 그러나 전혀 결이 다른 언어로 쓰인 말만이 아니라 그 말들이 더욱 웅변적으로 만드는 침묵을 어떻게 옮기면 좋단 말인가?

김화영

이 책 속에 담긴 일련의 상징들은 인간의 삶에서 그 에피소드,
무대 장치, 오락…… 따위의 모든 것을 지워 버리고 남은
한 인간의 모습을 그려 보이고 있다.
신앙, 연민, 사랑과 같은 것도 과연 실재하는 현실들임에
틀림없다. 또 고대의 사원은, 교회는, 궁전은, 그리고 오늘날의
공장은 절망을 막아 주는 든든한 피난처들이다.
인간이 후천적으로 얻은 그런 것들이나 거기서 암시받게 되는
의미들은 여기서 말하려는 바가 아니다.

차례

공의 매혹

저마다의 일생에는, 특히 그 일생이 동터 오르는 여명기에는 모든 것을 결정짓는 한순간이 있다. 그 순간을 다시 찾아내는 것은 어렵다. 그것은 다른 수많은 순간들의 퇴적 속에 깊이 묻혀 있다. 다른 순간들은 그 위로 헤아릴 수 없이 지나갔지만 섬뜩할 만큼 자취도 없다. 결정적 순간이 반드시 섬광처럼 지나가는 것은 아니다. 그것은 유년기나 청년기 전체에 걸쳐 계속되면서 겉보기에는 더할 수 없이 평범할 뿐인 여러 해의 세월을 유별난 광채로 물들이기도 한다. 한 인간의 존재가 그 참모습을 드러내는 것은 점진적일 수도 있다. 저 자신 속에 너무나도 깊이 꼭꼭 파묻혀 있어서 도무지 새벽빛이 찾아들 것 같지가 않아 보이는 어린 아이들도 있다. 그래서 그들이 문득 수의를 벗으며 나사로처럼 일어서는 것을 보면 우리는 의외라는 듯 깜짝 놀란다. 그런데 사실 그 수의란 다름이 아니라 어린아이의 배내옷이었던 것이다.

나의 경우는 바로 그러했다. 나의 최초의 기억은 여러 해에 걸친 시간 속에 흩어진 꿈처럼 어렴풋한 기억이다. 나

25

에게 새삼스럽게 이 세계의 헛됨(vanité)을 말해 줄 필요는 없었다. 나는 그보다 더한 것을, 세계의 비어 있음(vacuité)을 느꼈으니 말이다.

나의 존재가 바로 이 순간부터 어떤 의미를 지니기 시작했다든가 훗날 내가 실제로 나 자신에 대해 깨닫게 된 내용들은 모두 이 순간과 관련되어 있다고 꼬집어 말할 수 있을 만큼 어떤 유난스러운 순간을 나는 한 번도 체험한 적이 없다. 그러나 나는 어렸을 적부터 매우 여러 번이나 기묘한 상태들을 경험했다. 그 상태들 중 어떤 것도 미래에 대한 예감이라 할 만한 것은 못 되었고 다만 계고(戒告)였을 뿐이었다. 그 상태를 경험할 때마다 나는 시간을 초월하는 곳에 놓인 그 무엇인가와 접촉하는 듯한 기분이었다.(이런 말로밖에 달리 어떻게 표현할 수 있겠는가?) 나는 그 접촉이 정확하게 무엇을 의미하는지 깊이 생각해 보고 그런 상태의 접촉들을 서로 관련지어 보려고 노력했어야 마땅할 것이다. 요컨대 자신의 내면 속에서 일어나는 현상을 이해하고 그것을 외부 세계와 대비해 보며 자신의 직관들을 하나의 체계로 — 그 직관들을 빈약하게 변질시키지 않을 만큼 충분히 유연한 체계로 탈바꿈시키려 하는 사람이라면 누구나 보였음 직한 그런 반응을 보였어야 마땅할 것이다. 그러나 나는 그렇게 하기는커녕 꽃들이 하나씩 하나씩 시들어 떨어지듯이 그 상태들이 사라져 가도록 버려두고 있었다. 나는 그냥 이 꽃에서 저 꽃으로 쫓아다녔다. — 여행 그 자체 밖에는 아무런 다른 목적이 없는 여행들이었다.

그때 나는 몇 살이었을까? 예닐곱 살쯤이었다고 여겨진다. 어느 한 그루의 보리수 그늘 아래 가만히 누워 구름 한 점 없는 하늘에 눈길을 던지고 있다가 나는 문득 그 하늘이 기우뚱하더니 허공 속으로 송두리째 빨려 들어가는 것을 보았다. 그것이 내가 처음 느낀 무(無)의 인상이었다. 그 인상은 어떤 풍부하고 충만한 생존의 인상에 바로 잇따라 느끼게 된 것이었기에 더욱 생생했다. 그 후 나는 왜 한 가지는 다른 한 가지에 잇따라 나타나는 것인가를 알려고 애를 써 왔다. 몸과 혼으로 알려 하지 않고 지능으로 알려고 하는 모든 사람이 한결같이 가지는 잘못된 생각으로 인

27

하여 나는 이것이야말로 철학자들이 '악의 문제'라고 부르는 바로 그 현상이라고 여기게 되었다. 그런데 그것은 보다 더 깊고 더 심각한 문제였다. 내 앞에 나타난 것은 파탄이 아니라 공백이었다. 입을 딱 벌린 그 구멍 속으로 모든 것이, 송두리째 모든 것이 빨려 들어가 버릴 판이었다. 그날부터 나는 사물들이 지니고 있는 현실성이란 실로 보잘것없다는 생각을 되씹어 보기 시작했다. '그날부터'라는 말은 적당하지 않을 것 같다. 우리의 삶 가운데 일어나는 여러 사건들은 — 하여간 내면적인 사건들은 — 내부의 가장 깊숙한 곳에 감춰져 있던 것이 차례차례 겉으로 드러나는 일에 지나지 않는 것임을 나는 확신하고 있는 터이니까 말이다. 그러고 보면 그것이 어느 날이냐 하는 문제는 중요하지 않게 된다. 나는 그냥 살아간다기보다는 왜 사는가에 의문을 품도록 마련된 사람들 중 하나였다. 오히려 '변두리로 밀려나' 살아가도록 마련된 것이다.

바다 가까운 곳에서 지내고, 부지런히 바다와 접촉하면서 살다 보니 내 마음속에서는 만사가 헛된 꿈과도 같은 것이라는 생각이 더욱 굳어졌다. 밀물과 썰물이 드나드는 바다, 브르타뉴에서처럼 항상 움직이는 바다 말이다. 그곳의 어떤 해안에는 한눈으로 다 껴안을 수도 없을 만큼 광대 무변한 넓이가 펼쳐져 있다. 얼마나 엄청난 공허인가! 바위들, 개펄, 물…… 날마다 모든 것이 전부 다시 따져 보아야 할 문제로 변하는 곳이니 참으로 존재하는 것은 아무것도 없는 셈이다. 나는 자신이 밤의 어둠 속에서 어떤 나룻배를 타고 있다는 상상을 해 보곤 하는 것이었다. 방향을 가늠할 표적 하나 없었다. 길을 잃은 채, 어쩔 도리도 없이 길을 잃은 채, 눈에 보이는 별 하나 없었다.

이런 몽상이 그렇다고 쓸쓸한 것은 결코 아니었다. 나는 그 몽상을 흐뭇해하며 펼쳐 가고 있었다. 그런 이야기가 나오는 글을 한 번도 읽어 본 적이 없으니 무슨 '문학적인 병'이라고 할 성질의 것도 아니었다. 그것은 타고난 병이었고 나는 달콤한 기분으로 그 병을 즐겼다. 무한의 감정은 내게는 무라는 것이 그러했듯 아직 이름이 없는 감정이었다. 그 결과 내가 느낀 것은 거의 완전한 무심, 일종의 고요

29

한 무감각 ─ 눈을 뜬 채 잠자는 사람과 같은 그런 상태였다. 날이면 날마다 나는 그 음울한 목초지로, 씨앗 하나 싹트는 일 없는 그 황량한 모래톱으로 쏘다녔다. 나는 물결을 따라 앞으로 나아가는 것 같았지만 물결은 뒤로 물러났다 앞으로 나아갔다 하면서, 마치 든든한 밧줄로 바다 깊숙이 비끄러매 놓은 부표처럼 끝내는 나를 제자리에 그대로 남겨 놓는 것이었다. 그 같은 무감각 상태에서 헤어나기란 좀처럼 쉽지 않았다. 내가 그것을 좋아하고 있었다고는 말할 수 없다. 나는 은근히 쾌감을 맛보면서 그냥 당하고 있었던 것이다. 그로 인하여 결국 어떤 결과에 이르게 되었던가? 전혀 아무것에도. 무엇이나 다 어디엔가로 인도하게 마련이다. 오직 그것에만 아무런 결과가 없었다. 설사 그 상태의 끝에 죽음이 기다리고 있었다 하더라도 나의 삶 자체가 어찌나 죽음과 흡사한 것이었는지 그 차이를 분간하지 못했을 것이다. 심지어 동물도 죽을 때는 본능적으로 경련하는 법이라지만.

　이런 체질을 가진 내가 만사에 무심하지는 않았다니

웬일일까? 사실은 조그만 일로도 나는 쉽사리 마음에 상처를 입었다. 왜냐하면 나의 밖에서 일어나는 일이면 무엇이나 나의 가장 큰 관심사인 단 한 가지에 비하면 그래도 얼마 되지 않으나마 어떤 가치를 지닌 것으로 느껴졌기 때문이다. 앞에서 내가 분석한 내용은 불완전한 것이다. 내게도 어떤 이상이라는 것이 있었던 모양이다. 사람이 자기 주위에 있는 것들을 무시해 버리고 어떤 중립적인 영역 속에 담을 쌓고 들어앉아서 고립되거나 보호받을 수는 있다. 그것은 즉 자신을 몹시 사랑한다는 뜻이며 이기주의를 통해서 행복해질 수 있다는 뜻이다. 그러나 자신을 세상만사 어느 것과도 다를 바 없는 높이에 두고 생각하며 세상의 텅 비어 있음을 느끼는 경우라면 삶을 거쳐 가는 갖가지 자질구레한 일들에 혐오를 느낄 소지를 충분히 갖추는 셈이다. 한 번의 상처쯤이야 그래도 견딜 수 있고 운명이라 여기고 체념할 수도 있다. 그러나 날이면 날마다 바늘로 콕콕 찔리는 것 같은 상태는 참을 길이 없다. 대국적인 견지에서 보면 삶은 비극적인 것이다. 바싹 가까이에서 보면 삶은 터무니

31

없을 만큼 치사스럽다. 삶을 살아가노라면 자연히 바로 그 삶으로부터 자신을 방어해야겠다는 생각이 들고 절대로 그런 것 따위는 느끼지 않고 지냈으면 싶었던 감정들 속으로 빠져들게 마련이다. 이것이 저것보다 더 낫다고 여겨지는 때도 있다. '이것'과 '저것' 둘 중에서 선택을 해야만 하는 경우도 있다. 아니라고 말해 봐야 소용이 없다. '그렇다.'라고 나는 말하지 않을 수가 없게 되는 것이다. 이야말로 고문이 아니고 무엇인가?

나는 자신도 모르게 '무심'의 순간에서 '선택'의 순간으로 옮겨 가게 된다. 나는 유희에 말려들고 덧없는 것 속에서 거기엔 있지도 않은 절대를 찾는다. 입을 다물고 무시해 버리는 대신 나는 마음속에 소용돌이를 계속 불러일으키고 있다. 상표가 서로 다른 두 자루의 펜을 놓고 선택을 해야만 한다는 것은 실로 참혹하다. 가장 좋은 것이 반드시 가장 비싼 것은 아닐 터이니 말이다. 가장 못한 것이 오직 다르다는 이유로 널리 쓰일 수도 있다. 가장 좋은 것도 없고 가장 못한 것도 없다. 이때에 좋은 것이 있고, 저 때에 좋은

것이 있다. 이 세상에는 완전한 것이란 없음을 나도 잘 알
지만 이 세상에 일단 발을 들여놓기만 하면, 이 세상 속에
일단 얼굴을 내밀기로 작정만 하면, 우리는 더할 수 없을
만큼 기묘한 악마의 유혹을 받게 된다. 목숨이 붙어 있는데
왜 안 살아? 왜 제일 좋은 걸 안 골라? 하고 귀에다 속살거
리는 그 악마 말이다. 이렇게 되면 곧 뜀박질을 하고 여행
을 떠나고…… 그러나 '이제 막' 욕망이 만족되려고 하는
순간이란 얼마나 아름다운 순간인가.

　공(空)의 매혹이 뜀박질로 인도하게 되고, 우리가 외
발로 딛고 뛰듯 껑충껑충 이것저것에로 뛰어가게 되는 것
은 이상할 것이 없다. 공포심과 매혹이 한데 섞인다. — 앞
으로 다가서면서도 (동시에 도망쳐) 뒤로 물러나는 것이다.
제자리에 가만히 있는 것은 불가능하다. 그러나 그 그칠 사
이 없는 움직임의 보상을 받는 날이 찾아오는 것이니, 말없
이 어떤 풍경을 고즈넉이 바라보고만 있어도 욕망은 입을
다물어 버린다. 공의 자리에 즉시 충만이 들어앉는다. 내가
지나온 삶을 돌이켜 보면 그것은 다만 저 절묘한 순간들에

이르기 위한 노력이었을 뿐이라는 생각이 든다. 내가 그렇
게 하기로 굳게 마음먹은 것은 저 투명한 하늘의 기억 때문
이었을까? 내 어린 시절, 반듯이 누워서 그리고 오래도록
나뭇가지 사이로 물끄러미 바라보았던 하늘, 그리고 어느
날 싹 지워져 버리던 그 투명한 하늘의 기억 때문이었을까?

섬

고양이 물루

1

짐승들의 세계는 온갖 침묵들과 도약들로 이루어져 있다. 나는 짐승들이 가만히 엎드려 있는 모습을 바라보는 것을 좋아한다. 그때 그들은 대자연과 다시 접촉하면서 자연 속에 푸근히 몸을 맡기는 보상으로 자신들을 살찌우는 정기를 얻는 것이다. 그들의 휴식은 우리들의 노동만큼이나 골똘한 것이다. 그들의 잠은 우리들의 첫사랑만큼이나 믿음 가득한 것이다. 옛날, 안타이오스 신[1]과 대지의 신 사이에 존재했던 그 오랜 친화를 가장 심각하게 재현하는 것은 바로 그 짐승들이다. 나는 지금 거처하는 호텔에서 한밤중에 잠을 깨는 일이라고는 전혀 없다. 그러나 가령 11월 15일 새벽 3시인 지금처럼 밤중에 잠을 깰 양이면 기침하는 소리, 말하는 소리……가 귀에 들린다. 우리 집 고양이가 잠을 잘 때는 모두가 그의 잠을 방해하지 않으려고 조심한다. 이놈은 한참이나 가장 좋은 자리를 물색해 마땅한 곳을 정하고 나면 몸을 웅크리는 즉시 반쯤 잠이 든다. 그런가 하

1 대지에 닿기만 하면 힘을 얻을 수 있는 신화 속 인물.

면 어느새 더 깊은 잠에 빠진다. 마치 잠드는 각 단계를 계산이라도 하는 눈치다……. 이제 그는 행복한 꿈으로 접어든다. 나무 위에 기어 올라가 앉아 새 한 마리를 노려보는 꿈이다. 그는 새를 가까이에 붙들어 두고 싶어 한다. 그 새가 마음에 드는 것은 그 색깔이 산뜻해서가 아니라 통통하고 묵직하게 생겼기 때문이다. 물루는 새들을 좋아하는 것이다……. 사랑하는 상대를 소유하고자 하는 그의 심정이야 짐작하고도 남는다. 그러나 물루가 가까이 다가가면 다가갈수록 새는 뒷걸음을 친다. 물루는 새를 유혹해 보려고 애를 쓰지만 헛수고다. 마침내 새는 훌쩍 날아가 버린다. 고양이는 반쯤 잠에서 깨 앓는 소리를 내면서 기지개를 켠다. 또 새 잠이 들기 시작한다. 보다 가볍고 보다 상쾌한 잠, 도회지 여인들이 오전 9시에서 11시 사이에 자는 것 같은 그런 잠이 들기 시작한다. 고양이들은 바로 이때 부드럽게 쓰다듬어 주면 좋아한다. 고개를 뒤로 젖히도록 귀 뒤로 손을 넣고 쓸어 주는 것이 좋다. 그러면 턱이며 앞다리 사이의 가슴팍을 쓰다듬어 줄 수 있게 된다. 물루처럼 목걸이를 찬 고양이들은 털과 목걸이 사이로 손가락을 넣고 애무해 주는 것을 좋아한다.

고양이라는 이름에 부끄럽지 않은 자격을 갖추려면 목걸이를 차야 한다. 그러면 그는 이내 암고양이들 사이에서 각별한 성공을 거두게 되고 저 자신에 대해서나 저를 키워 주는 집에 대해 우월감을 갖는다. 이리하여 그는 드디어 귀족이 되는 것이다. 그 새끼들도 태어나면서부터 다른 새끼 고양이들이 누리지 못하는 긍지를 갖게 된다. 그들은 스튜 같은 싸구려 요리는 아예 먹을 생각도 않고 비프스테이크라야 받아먹을 것이다. 오로지 자기와 동급 신분의 친구들과만 교제할 것이고 유리한 혼인이 아니면 맺지 않을 것이다. 바로 그 목걸이가 고양이를 매우 인간적으로 만들어 놓는 것이다. 목걸이가 없는 고양이에게 말을 걸어 보라. 그러면 차이가 어떤지 알 수 있을 테니. 앙고라종, 페르시아종, 샴종의 고양이들 중에도 목걸이가 없는 놈이 숱한 것을 보면 목걸이는 반드시 타고난 종족적 우월성을 표시하는 것이 아니라, 교육의 수월성을 표시할 뿐이다. 타고난 자질은 중요하지 않다. 모든 것은 그 고양이가 노골적으로 받은 총애 덕분이므로 그저 주인의 우발적인 기분에만 좌우될 뿐이다. 오늘날 실시되고 있는 목걸이 제도는 다른 많은 제도들과 마찬가지여서 총명한 두뇌와는 아무 관계가 없다.

물루는 잠이 깨면 잠자던 침대에서 내려와 창문께로 건너뛴다. 그러고는 창턱에 몸을 웅크리고 앉는다. 아니면 지붕 위를 지나 테라스에서 몸을 길게 뻗고 누웠다가 벽 가까이에 서 있는 월계수 나뭇가지를 타고 정원으로 내려간다. 이제 막 나뭇가지를 치고 났을 때에는 지붕 쪽으로 해서 방까지 다시 올라와 층계로 내려갈 수밖에 없다.

어렸을 때 이놈은 겁이라곤 전혀 몰랐다. 어지러운 줄도 모르고 낙수 홈통을 타고 걸어 다니기도 했으며 정원에 사람들이 있을 때면 눈길을 끌어 칭찬을 받으려고 살구나무의 맨 꼭대기에까지 기어 올라가기도 했다. 이제는 눈치가 생겨서 꼭 필요한 것이 아니면 애써 하지 않는다. 재주를 부리는 재미는 줄었고 편안한 것을 찾는 취미는 늘었다. 그의 애정은 보다 확실한 것이 되었다. 아침이면 어머니의

39

발 아래에서 감사와 사랑의 표시로 몸을 데굴데굴 굴리다
가 어머니가 제 몸 위에 발을 지그시 올려놓아야 멈춘다.
이 중세기적 의식이 만족되면 부엌으로 가서 우유를 마시
고 전날 밤 자신을 위해 준비해 둔 찬 음식을 맛본다.

　오후에는 침대 위에 가 엎드려서 앞발을 납죽이 뻗은
채 가르릉거리는 소리를 내며 잠을 잔다. 이제는 흥청대며
한바탕 놀았으니 아침 일찍부터 내게 찾아와 온종일 이 방
에 그냥 머물러 있을 것이다. 이때다 싶은지 여느 때 같지
않게 한결 정답게 굴어 댄다. 피곤하다는 뜻이다. 나는 그
를 사랑한다. 물루는, 내가 잠을 깰 때마다 세계와 나 사이
에 다시 살아나는 저 거리감을 없애 준다.

　황혼 녘, 대낮이 그 마지막 힘을 소진해 가는 저 고통
의 시각이면 나는 내 불안감을 진정시키기 위해 고양이를
내 곁으로 부르곤 했다. 그 불안감을 누구에게 털어놓을 수
있으랴? "내 불안을 달래 다오." 하고 나는 그에게 말하는
것이었다. '밤이 다가온다. 밤과 더불어 내게 낯익은 유령

들이 깨어 일어난다. 그래서 나는 하루에 세 번 무섭다. 해
가 저물 때, 내가 잠들려 할 때, 그리고 잠에서 깰 때. 확실
하다고 굳게 믿었던 것이 나를 저버리는 세 번……. 허공
을 향하여 문이 열리는 저 순간들이 나는 무섭다. ── 짙어
가는 어둠이 그대의 목을 조이려 할 때, 잠이 그대를 삼킬
때, 한밤중에 잠에서 깨어나 나는 과연 어떤 존재일까를 따
져 볼 때, 존재하지 않는 것에 생각이 미칠 때, ── 나는 무
섭다. 대낮은 그대를 속여 위로한다. 그러나 밤은 무대 장
치조차 없다.'

　물루는 고집스럽게 입을 다물고만 있었다. 나는 그의
몸 위에 내 시선을 가만히 기대어 본다. 그러면 그가 거기
에 있다는 것만으로도 다시금 믿음이 살아난다.(모든 것을
다 담고 있는 존재감.)

　물루를 바라보면서 축복의 순간들을 생각해 보자. 지
난 어느 날 저녁, 나는 포플러 나무들 밑을 지나다가 그 높
은 나뭇가지들이 분간할 길 없이 한데 섞인 것을 보았다.
또 어느 날 정오에는 햇빛이 눈부시게 쏟아지는 들판 앞에

서 나는 보았고 나는 받아들였다. 달빛 비치는 폐허를 앞에
두고 나는, 인간은 인간으로부터 상속받을 수 있으며 그 허
물어지기 쉬운 선물만으로도 흡족하다고 생각했다. 오늘
아침에는 문을 열어젖히자 열기가 확 끼쳐 오며 전신을 엄
습해 왔다. ── 이것이 전부다.

　　너는 아무 말도 하지 않지만 네 말이 다 들리는 것 같다.

　　"나는 저 꽃이에요. 저 하늘이에요. 또 저 의자예요. 나
는 그 폐허였고 그 바람, 그 열기였어요. 가장한 모습의 나
를 알아보지 못하시나요? 당신은 자신이 인간이라고 생각
하기 때문에 나를 고양이라고 여기는 거예요.

　　대양 속의 소금같이, 허공 속의 외침같이, 사랑 속의
통일같이, 나는 내 모든 겉모습들 속에 흩어져 있답니다.
당신이 원하신다면 그 모든 겉모습들은 저녁의 지친 새들
이 둥지로 돌아오듯 나의 속으로 돌아올 거예요. 고개를 돌
리고 순간을 지워 버리세요. 생각의 대상을 갖지 말고 생각
해 보세요. 제 어미가 입으로 물어다가 아무도 찾아낼 수
없는 곳으로 데려가도록 어린 고양이가 제 몸을 맡기듯 당

신을 가만히 맡겨 보세요."2

물루는 행복하다. 세계가 저 혼자 끝없이 벌이는 싸움에 끼어들면서도 그는 제 행동의 동기가 되는 환상을 깨려들지 않는다. 놀이를 하되 놀고 있는 스스로의 모습을 바라볼 생각은 하지도 않는다. 그를 바라보는 것은 나다. 조그만 빈틈도 없이 정확하게 몸을 놀려 제가 맡은 역할을 다하고 있는 그를 바라보고 있노라면 황홀해진다. 매 순간 그는 제 행동 속에 흠뻑 몰두해 있다. 먹고 싶은 것을 보면 그는 부엌에서 나오는 음식 접시에서 눈을 뗄 줄 모른다. 그의 눈에 가득 찬 욕망은 치열하다 못해 벌써 음식 속으로 파고들어간 것만 같다. 그가 무릎 위에 몸을 옹크릴 때도 제가 가진 모든 애정을 남김없이 쏟아 가며 옹크린다. 행동에 빈틈이라곤 찾아보려야 찾아볼 수 없다. 그의 행위는 몸놀림과 일치하고 몸놀림은 식욕과, 식욕은 그의 이미지와 정확하게 일치한다. 이야말로 끝없는 연쇄 조직처럼 일사불란하다. 고양이가 다리를 반쯤 편다면 그것은 다리를 펴는 것이 필요하기 때문이고 또 다리를 꼭 반쯤만 펴는 것이 필요

43

---

2 여기서 우리는 우파니샤드의 어조를 느낄 수 있을 것이다.(원주)

하기 때문이다. 희랍 꽃항아리들의 가장 조화로운 윤곽에
도 이토록 철저한 필연성은 없다.

　나 스스로를 돌이켜 보노라면 이런 완전함은 나를 슬
프게 한다. 나는 내가 인간이구나 하는 느낌을 갖게 된다.
즉 그냥 온전치 못한 존재라는 느낌이 든다는 말이다. 연극
이 채 끝나기도 전에 나는 비틀거릴 것이고 내 상대역이 하
는 질문에 해야 할 대답을 잊어버린 채 아무 말도 못 하고
서 있게 되리라는 것을 알고 있다. 있어도 있지 않은 부재
(不在).

　나는 마침내 나 스스로 사랑한다고 했던 이 존재들에,
그리고 스스로 멀리하지 못하는 나 자신에게 홀려 넋을 잃
고 있다. 당혹스러운 어떤 필연성이 내 조건으로부터 멀리
멀리 나를 데려간다. 인간들은 남이 자기의 손아귀에서 벗
어나는 것을 좋아하지 않는다. 그것은 자기가 자기 자신의
손아귀에서 벗어나는 것을 좋아하지 않기 때문이다. 물루
가 자신이 고양이인 것에 만족해하듯이 인간들은 자신이
인간인 것에 만족해 한다. 그러나 물루의 생각은 옳지만 그

44

들의 생각은 틀렸다. 왜냐하면 물루는 마땅히 해야 할 일을 하는 것이지만 인간들의 입장은 성립될 수 없는 것이기 때문이다. 나는 인간들에게 그 점을 설득시키고 싶다. 우리에게 마땅히 해야 할 일이란 없으며 우리의 입장이란 성립될 수 없는 입장이라는 것을. 그러니 도망치는 도리밖에 없다. 그런데 발 딛고 도망칠 단 한 치의 단단한 땅도 없다. 물루와 …… 사이에는.

2

나는 여러 해 전부터, 공부할 때 동무가 되어 주고, 내 한결같은 생각과 내 단 하나의 행복에 내가 보다 더 가까이 다가가게 해 줄 고양이 한 마리를 가졌으면 했다. 만약 내 감정대로 했더라면 나는 아마 고양이보다는 개를 택했을 것이다. 내 삶을 따뜻하게 감싸 주는 개의 따뜻한 체온, 그의 숨김없는 행동, 반가움을 못 이겨 달려드는 그의 마음씨

에 감동된 나머지 나는 인간이 지닌 것 중에서도 가장 사랑
스러운 면을 지녔다고 믿었을지도 모를 일이다. 그러나 문
제는 내 마음에 드느냐 하는 데 있는 것이 아니었으니……
바로 그러한 참에 무덤 파는 사람이 내게 고양이 한 마리를
주었다.

　무덤 파는 사람은 이 읍의 중요한 공무원으로 묘지 입
구에 있는 어떤 집에 들어 살고 있었다. 그는 그 많은 무덤
들을 혼자서 다 파 주고, 마당에 꽃을 가꾸어 유족에게 팔
고 이장할 때 이문을 보는 식으로 돈을 많이 벌었다. 비 오
는 날보다는 맑은 날에 수입이 낫다곤 하지만 대체로 수입
이 일정한 편이라 괜찮은 일자리였다. 그래서 그는 직접
손에 흙을 묻히지 않고 날품팔이 일꾼들을 사서 시키면 되
었다.

　나는 상을 당하여 매일같이 묘지에 찾아갈 일이 생기
고 난 뒤부터 그를 알게 되었다.

　어렸을 적에 나는 묘지를 보면 무서웠다. 해가 환하게
비치는 때에도 내 눈에는 묘지가 어둡고 시커멓게만 보였

고 무엇인가 끈적끈적한 것이 묻어 있는 것만 같았다. 언덕
을 등지고 골짜기와 바다의 수평선을 앞에 두고 있는 묘지
는 그곳에 늘어선 시커먼 주목(朱木)들 때문에 하늘과 초원
과 초록빛 바다와 대조적이었다. 나는 일 년에 꼭 한 번 사
자(死者)들의 날에 학교 친구들과 함께 그곳에 가 보았을
뿐이다. 그날이 되면 뼈가 앙상하고 눈이 모질게 생긴 교장
선생님이 사자들을 위한 축도(祝禱)를 마치고 나서 우리를
그곳으로 데리고 가는 것이었다. 군밤 장수들과 국화꽃 장
수들이 그 어귀에 잔뜩 나와 붐비고 있었다. 비가 오고 있
었다기보다 아주 가늘고 매우 싸늘한 안개가 엉켜서 풍경
을 온통 물의 장막으로 뒤덮고 있었다. 신부님은 '아베, 크
룩스, 스페스, 무니카'3라고 받침돌에 새겨져 있는 커다란
화강암 십자가(선교 기념비) 앞으로 곧장 걸어갔다. 우리는
그의 주위에 둘러섰다. 그러면 신부님은 날카로운 목소리
로 사자의 연도(煉禱)를 읊었다. 참으로 그날은 암담했다.
희망이라곤 비문 속에 새겨진 그 단어뿐이었지만 희망이란
말마저 내 주위의 모든 정경 못지않게 끔찍한 모습이어서

47

3 가톨릭교회 전례에서 부르는 찬미가 「임금님의 깃발들」 9연의 첫
  머리 "오 우리의 유일한 희망 십자가 나무"의 라틴어 표현.

금방이라도 절망에 빠져 버릴 것 같았다. 아니 절망이라는
말조차 적당하지 않다. 왜냐하면 내 주위에 보이는 그 정경
을 나는 현실이라고 믿을 수 없었으니까 말이다. 보잘것없
는 무대 장치. 정신은 그 무엇을 '믿을 수' 있기에는 육체에
서 너무나 멀리 떨어져 있었다. 금방이라도 무너질 듯한 그
무대 장치가 어떤 환상을 불러일으켰던 것일까? 나는 그때
면 옛날의 어느 저물어 가던 오후를 상기했다. 그때 나는
어떤 담장에 등을 기댄 채 한 그루의 사과나무를 가만히 응
시하고 있었는데 마치 그 누군가가 얼룩을 싹 닦아 지워 버
렸을 때처럼 그 나무가 홀연히 사라져 버리는가 싶더니 어
느덧 그 나무와 더불어 나도 함께 실려 가 삼켜지듯 없어져
버리는 것이었다.

　　그런 섬뜩한 무서움들은 내가 사랑하던 어떤 사람을
잃게 되면서 없어졌다. 여름날이면 매일같이 나는 저녁 식
사를 끝내는 즉시 묘지로 찾아가곤 했다. 이 도시의 모든
공원들 중에서도 꽃이 가장 많이 핀 곳은 묘지였다. 담쟁이
덩굴들이 장식처럼 덮여 있고, 하얀 목책으로 둘러싸인 오

솔길로 비문이 새겨진 묘석들을 따라 나는 이리저리 거닐
었다.

　나는 가장 단순한 무덤들을 좋아했다. 모래로 덮은 다
음 그 위에 하얀 조개껍질들로 십자가 하나를 단정하게 만
들어 세워 놓은 그런 무덤 말이다. 그러나 무엇보다 내 맘
에 드는 것은 각종 빛깔로 자욱이 피어서 향기를 뿜어 대며
내 발걸음을 멈추게 하는·꽃들이었다. 묘지 전체가 그 향기
에 젖고 정오엔 아직 별로 피곤해지지 않은 산보객들에게
분별력과 침묵, 혹은 충만감에서 우러나오는 저 가벼운 도
취를 느끼게 해 주는 것이었다.

　나는 그 평화를 즐겼다. 옛날에는 내게 그렇게도 적의
에 찬 모습으로만 보였던 사자들의 땅과의 그 친밀감은 그
보다 더 흐뭇하게 느껴졌다. 내가 어떤 사람을 그곳에 맡긴
이후 나는 마치 낯선 고장으로 들어가듯 묘지 안으로 들어
가지는 않게 되었다.

　내가 얻게 된 어린 고양이는 그 묘지 안에서 태어난 것
이 분명하다. 어미 고양이는 무덤 파는 사람네 것이었다.

49

고통 때문에, 혹은 호기심 때문에 그곳으로 찾아들게 된 사람들 사이로 그 고양이가 무덤 안을 이리저리 쫓아다니는 모습이 흔히 눈에 띄곤 했다. 회색빛 바탕에 호랑이처럼 얼룩무늬가 찍힌 평범하기 짝이 없는 암고양이였다.(나는 무슨 줄리어스 시저의 생애와 같은 예외적인 삶의 이야기를 하려는 것은 아니다.) 새끼들도 어미를 꼭 닮은 모양이었다.

우리 집에 처음 왔을 때 물루는 겨우 생후 한 달이 될까 말까 했다. 고양이 같다기보다는 오히려 굵은 쥐 같다고 여겨질 만큼 작았다. 활기 있고 명랑한(사람 같으면 총명하다고 하겠지만) 그 고양이는 자신의 운명이 어떻게 될지 아직 별로 자신 없어 하는 것만 같았다. 환경의 변화가 생긴 것이 좋은 모양이었다. 도무지 제자리에 가만히 있지를 못했다. 이제 막 젖을 떼고 난 참이라 양탄자건 의자건 휘장이건 닥치는 대로 물어뜯으려 들었다.

며칠이 지나자 계단 쪽으로 관심을 돌리고 달려들기 시작했지만 그에게는 아직 너무 높았다. 앞발을 간신히 계단 위에 올려놓는 데에는 성공했지만 엉덩이가 따라 올라

가지를 않았다.

곧 아침마다 층계를 올라가는 습관이 생겼다. 계단을
한꺼번에 두 개씩이나 뛰어올랐다. 첫 번째 층계참에 이르
면 그는 누구를 부르는 듯 소리를 질렀다. 나는 선잠을 깬
채 일어나 문을 열어 주었다. 그는 벌써 문턱까지 와 있었
다. 나는 이놈이 좋아하며 달려 들어오겠지 하고 예상했는
데 천만의 말씀이었다. 이놈은 나를 보자마자 위엄이 가득
한 태도를 취하면서 마치 자기 나라 정부를 대표하고 있다
는 사실에 신경을 많이 쓰는 대사처럼, 혹은 태연히 빗속을
걸어가면서 "대주교는 뛰어가지 않는 법"이라고 말하는 보
쉬에[4]처럼 느리고 확실한 걸음으로 다가오는 것이었다. 그
런 다음에야 있는 힘을 다하여, 내가 이미 도로 누운 침대
위로 펄쩍 뛰어올랐다. 그러고는 내 머리께로 다가와 시트
의 오목한 부분에 몸을 옹크리고 내가 다시 잠에서 깰 때까
지, 아니 그보다 더 나중까지 계속되는 잠을 청했다.

흔히 나는 이처럼 침대에 누워 있거나 방 안에서 이리
저리 거닐곤 한다. 집 꼭대기에 완전히 격리되어 마치 여객

51

---

4 자크베니뉴 보쉬에(Jacques-Bénigne Bossuet, 1627~1704). 17세기의
성직자로 위대한 문필가, 설교가로 이름을 날렸다.

선 선실처럼 조그마한 이 고미다락방에 있으면 나는 꼭 무인도에 와 있는 듯한 느낌이 들었다. 내 주위에는 벽지와 양탄자, 거울 따위 그리고 단 하나 밖을 향하여 열린, 좁고 위로 쳐들린 창문뿐이었다.

바로 여기서 나는 내 인생을 잠자듯 보내면서 여남은 번의 여름을 지냈다.

나는 엉뚱하고 비현실적인 계획 따위는 설계해 본 일이 없고, 다만 실용적인 계획들을 세워 보았을 뿐이다. 그러나 그 계획을 실천한다는 것이 내게는 무용하게 여겨졌다.

이같이 자리에 누워서 나는 여러 시간, 여러 날, 여러 달을 읽고 쓰고 꿈꾸면서 흘려보냈다. 내 침대나 책상에서 눈에 보이는 것은 오직 가득한 하늘과 옆집 정원에 서 있는 커다란 나무들의 우듬지들뿐이었다.

내 주위를 에워싼 침묵들은 하나씩 하나씩 더해져 갔다. 집의 침묵, 정원들의 침묵, 작은 도시의 침묵, 나는 여러 겹으로 싸인 솜덩어리 속에서 숨이 막혔다. 그것을 걷어내고 싶었다.

　　고양이는 아침나절 줄곧 내 곁에 남아 있었다. 내가 종이를 뭉쳐서 던지면 이놈은 그걸 잡아서 먼 데로 다시 던졌다. 얼마나 재미있는 시합이었던가? 나는 그가 침대 밑으로 깊숙이 기어 들어가 사라졌다가 다시 나타나 가만히 엎드려 있다가 또다시 움직이는 모습을 바라보았다. 그러다가 그는 자기가 그렇게도 재미있게 열심히 하던 일이 무엇이었는지를 그만 깜박 잊어버리고는 내가 책을 읽고 있는 책상 위로 뛰어오르는 것이었다. 재미있어 죽겠다는 듯 내가 넘기려는 책장을 발로 가로막고 장난을 걸었다. 또 어떤 때에는 책 위에 드러눕겠다고 떼를 썼다.

　　그 여름철 아침마다 내가 즐겼던 독서에는 나를 이렇게 동반해 준 그 고양이의 체취가 깃들었다. 나는 오직 『천일야화』만 펴 놓고 읽었다. 나는 아침에 외출하는 일이 없었다. 아침에 밖에 나간 날은 종일 기분이 좋지 않았다. 나는 물루가 어렸을 적에 그에게서 이런 규칙을 배워 익혔다. 그는 어떤 일이 있어도 밖에 나가지를 않았던 것이다. 다만 그는 이처럼 내가 읽고 있는 책의 내용을 명상하는 듯한 모

53

습으로 엎드려 있다가 또 11시만 되면 벌써 안달이 나서 못 견디겠다는 눈치를 보였다. 나는 그가 아래층으로 내려갈 수 있도록 문을 열어 주었다.

나는 점심 식사가 아직 다 준비되지 않았다는 것을 아는지라 서두르지 않는다. 대체로 내게 시간은 얼마든지 있었다. 내가 세상에 태어나기 이전에 있었던 시간 못지않게 내가 죽은 이후에도 있을 그 막대한 시간 말이다. 햇볕이 잘 쬐는 이 가득한 시간들이 내게 기대할 것도 잃어버릴 것도 없음을 가르쳐 주는 것이었다.

그러는 동안 아래층에서는 어머니가 너무나 소란스럽게 구는 물루를 꾸짖으면서 지나치게 먹는 것만 밝힌다고 말하는 목소리가 들렸다. 어머니 생각으로는 '두 끼니 식사 때 사이에 또 뭘 먹겠다고 하는 것'은 용서할 수 없는 잘못이었다. 그래서 물루는 안달이 나 견딜 수 없을 지경이었지만 점심때까지 참고 기다릴 수밖에 없었다. 오직 축제 날에만 식당에 들어가는 것이 허락될 뿐이므로(하기야 식당에 들어가 봐야 별수 없지만) 물루는 우리가 식사하는 동안 하녀와 함께 얌전히 부엌에 남아 있었다. 그러나 물루가 옆에 없을 때 우리는 그의 이야기를 했고, 그를 구실 삼아 서로 주고받는 대화 속에 자칫하면 나오기 쉬운 언짢은 내용을 슬쩍 피하기도 했다.

어렸을 적에 동물들과 가까이 지내며 자란 사람에게는 커서 또다시 그들과 함께 지낼 수 있다는 것이 커다란 기쁨이다. 물루가 종려나무 그늘에 누워 낮잠을 자고 있는 모습을 지켜보면서 나는 그 생각을 했다. 그러나 우리가 옛날에 키웠던 고양이들을 생각하니 또 다른 고양이를 갖고 싶다는 마음이 선뜻 내키지 않았다.

우리가 키웠던 고양이들은 예외 없이 다 좋지 않게 끝났다. 어릴 적에 이놈들은 정원에서만 놀고 밖으로 나가지 않았다. 그러나 나이가 들면서 점점 대담해져서 잔치와 쾌락의 생활에 빠져 버리는 것이었다. 저녁이 되어도 돌아올 줄을 몰랐다. 어느 때는 심지어 이틀 밤이나 연거푸 외박을 했다. 안개 속에다 대고 아무리 이름을 불러 봐도 소용이 없었다. 방탕과 피곤에 신물이 나서야 비로소 돌아올 생각

55

을 하니 말이다.

어린 시절에 나는 그들 때문에 얼마나 많은 불안의 밤을 보냈던가! 마침내 어느 날 끝장이 났다. 어디를 가서 물어봐도 그들의 소식은 알 길이 없었다. 고양이들이 꽃밭을 망쳐 놓는 것을 보다 못해 화가 난 어느 이웃 사람이 죽여 버린 것일까? 아니면 어느 암고양이네 집에서 잠자리와 먹을 것을 얻게 되어 아주 눌러앉아 버린 것일까? 고양이들의 삶은 만사가 신비로운 수수께끼다.

이렇게 종적을 감춘 고양이들은 떠난 뒤 다시 돌아오지 않는 배들을 연상시킨다. 우리들이 배의 난파 쪽에 더 그럴싸한 시적 후광을 곁들여 상상하게 되는 까닭은 그것이 인간에게 생기는 일이기 때문이다. 그러나 물루가 자고 있는 동안 나는 이 세상 삼라만상에 그네들의 향기를 깃들게 하는 저 유랑하는 고양이 종족을 생각해 보곤 했다.

그들의 삶은 다른 동물들의 삶과 정반대되는 것이다. 다른 동물들이 잠들 때 그들은 잠 깨어 일어난다. 밤이면 정원들이 밀림으로 변하고 지붕 위에는 중세 시대 수도회

의 고행 회원들같이 검고 희고 잿빛 나는 유령들이 우글거
린다. 일체의 노동이란 노예 생활이라고 여기는 사치스런
존재들이 거기서, 우리 중에서 오로지 가장 부유한 이들만
이 누릴 수 있는 화려한 사랑 놀이 축제를 벌이고 있는 것
이다.

3

　우리가 어떤 존재들을 사랑하게 될 때면 그들에 대해
서 하고 싶은 말이 어찌나 많은지, 그런 것은 사실 우리 자
신에게밖에는 별 흥밋거리가 되지 못한다는 사실을 제때에
상기하지 않으면 안 된다. 오직 보편적인 생각들만이 사람
들에게 호소력을 가진다. 왜냐하면 그런 생각들이라야 이
른바 그들의 '지성'에 호소할 수 있기 때문이다. 사실 사람
들이 '깊이 생각하게' 하는 것이나 슬프게 하는 것 쪽을 더
중시하는 까닭도 따지고 보면 마찬가지 이유다. "그 사람은

늘 가장을 하고 연기하나요?" 어떤 사람이 찰리 채플린에 관해 이런 질문을 했다. 그러나 가장을 하고 연기하는 쪽은 채플린이나 돈키호테가 아니라 다른 사람들이다. 도대체 어떻게 고양이 따위에 흥미를 느낄 수가 있을까, '문제' 속에서 살고 정치, 종교, 혹은 그 밖의 '사상'을 가진, 사유하고 추론하는 인간에게 그런 따위의 주제가 합당하기나 한가 하고 생각하는 사람도 있다. 제발 사상을 좀 가져 봐요! 그렇지만 고양이는 존재한다. 그 점이 바로 고양이와 그 사상들 사이의 차이점이다.

인간들을 서로 구별 지어 주는 것은 사실 그들의 이른바 사상이란 것이 아니라 행동이다. 이 점은 고양이 문제를 두고 생각해 봐도 곧 알 수 있다. 염세주의자들과 이기주의자들은 고양이를 좋아한다. 행동인은 고양이를 좋아할 시간이 없다. 남쪽 지방 사람들은 밀가루 음식과 찌꺼기를 고양이에게 먹인다. 불쌍한 고양이들은 좀 더 먹음직한 음식을 기대하면서 어물거리며 기다려 보지만 도무지 구경도 할 수 없는지라 주는 대로 먹는 도리밖에 없다. 그들은 푸

른 하늘과 햇빛으로 그 벌충을 한다. 고양이가 참으로 행복
해질 수 있는 곳은 북쪽 나라들이다. 헤이그시의 거리거리
를 누비고 다니면서 앓는 고양이들을 실어다 병원에 데려
가곤 하던 그 칸막이 합승 트럭을 생각하면 지금도 내 마음
이 따뜻해진다. 질병과 사고로부터 안전을 보장받으며 종
일토록 따뜻한 방 안에 들어앉아 운하를 따라 나룻배를 저
어 가는 뱃사람들의 동작을, 그대들 영혼의 움직임과 잘 조
화되는 그 동작을 물끄러미 바라보고 지낼 수 있는 고양이
그대들은 행복하여라! 안개와 중앙난방 시설과 여송연 연
기에 포근히 감싸인 분위기 속에서 기지개를 켜는 고양이
그대들은 행복하여라!

　　보들레르의 고양이들은 필경 그런 종류의 고양이들이
었으리라. 먼 적도 지대를 떠나 문득 추운 고장으로 실려
와 난로 옆에서 살게 된 그런 고양이들이었으리라. 향수를
뿌리고 화려한 침상에 누운 채 제신(諸神) 같은 생활을 누
렸다고 플루타르코스5가 이야기하는 고양이들도 그러했으
리라. 그들의 동공은 지평선 위로 해가 떠오르는 높이에 비

59

5　Ploutarchos(46?~120?). 플라톤 학파에 속하는 그리스의 철학자이
　자 전기 작가.

례해 천천히 열리는 것이니 그야말로 땅 위에 살아 있는 태
양의 영상이라 할 만하다. 그래서 헬리오폴리스6에서는 고
양이들이 사랑을 받는다. 그들의 눈동자는 달이 가득 차면
커지고 달이 기울면 작아진다. 큰 화재가 일어나면 고양이
들은 초자연적인 충동의 희생물이 된다고 헤로도토스7는
말한다. 고양이들은 불구경을 하느라고 빽빽이 둘러선 사
람들의 틈을 비집고 기어 들어가거나 사람들의 머리 위로
뛰어올라 불길 속으로 몸을 던진다는 것이다. 그럴 때면 그
광경을 보고 있던 사람들이 깊은 고통에 사로잡혀, 집으로
돌아가 눈썹을 밀어 버리고, 또 여자들은 입은 옷을 갈기갈
기 찢어발기며 거리거리로 헤매고 다닌다.

60   고양이들에 관한 이야기는 수없이 많다. 나는 그 이야
기들을 한데 모아 보려는 생각을 한 적이 있다. 나는 이미
잔 다종, 마냉, 아벨 다시 등의 책자들을 참고해 보았다. 또
나는 몽클리프의 비길 데 없이 감미로운 저서 『고양이들』
도 읽었다. 나는 앙리 3세8가 고양이라는 말만 들어도 경련
을 일으켰다는 것과(그는 좋지 못한 왕이었다.) 옛날에 레닌

섬

6 태양의 도시. 이집트 나일강 델타에 있던 고대 도시로 태양과 관련
    된 제신을 숭배했다.
7 Herodotos(기원전 484?~기원전 430?). 고대 그리스의 역사가.
8 Henri III(1551~1589). 폴란드의 왕이자 프랑스의 왕. 발루아 왕조
    최후의 왕.

은 사람들과 대화하는 동안 고양이를 쓰다듬으면서 그 접
촉을 통해 새로운 힘을 얻곤 했다는 사실을 알게 되었다.
이처럼 부질없는 문제에 대해 박식해진다는 것이 나로서는
싫지 않다. 인간의 삶이란 한갓 광기요, 세계는 알맹이가
없는 한갓 수증기에 불과하다고 여겨질 때 '경박한' 주제
에 대해 '진지하게' 연구하는 것만큼이나 내 맘에 드는 일
은 없었다. 그것은 살아가는 데, 죽지 않고 목숨을 부지하
는 데 도움이 된다. 하루하루 잊지 않고 찾아오는 날들을
견뎌 내려면 무엇이라도 좋으니 단 한 가지의 대상을 정해
그것에 여러 시간씩 골똘하게 매달리는 것보다 더 나은 일
은 없다. 르낭9은 아침마다 히브리어 사전을 열심히 읽으
면서 삶의 위안을 얻었다. 나는 '연구'라는 것에 그 이외에
다른 흥미가 있다고는 생각지 않는다. 우리가 배우게 되는
것은 무엇이나 다 별 볼일 없는 것들이다. 그러나 우리로
하여금 최후를 기다리게 하는 인내의 놀이를 배우는 것은
별 볼일 없는 것이 아니다.

　　사실 어떤 절대에 도달하기 위해서는 자기 자신으로부

61

9　조제프 에르네스트 르낭(Joseph Ernest Renan, 1823~1892), 프랑스의
　　종교사가이자 작가, 철학자.

터 그리고 일체의 인간적인 것으로부터 벗어날 필요가 있다고 할 때, 그러기 위한 모범으로 한 마리의 동물보다 더 나은 것이 어디 또 있겠는가. 흔히 감정이란 '인간'만이 가진 것으로 동물에게는 그런 것이 없다고 할 수 있으니 말이다. 그와 마찬가지로, 우리는 그리스에서처럼 우리의 척도로 헤아려 볼 수 있는 것이 아무것도 없는 비인간적 나라인 인도에 대하여 흥미를 느낄 수 있을 것이다. 이러한 것이 바로 내가 받은 계시요, 나의 열쇠요, 나의 깨달음이었다. 그러나 물루의 죽음은 내가 나의 역량을 과신하고 있었음을 깨닫게 해 주었다.

4

이사를 가야 했으므로 어머니와 나는 물루를 어떻게 하면 좋을지 몰라서 이리저리 궁리해 보고 있었다. 얼마 전부터 어머니는 측은하다는 표정으로 고양이를 바라보면서

"불쌍한 물루야, 우리가 떠나게 되면 너를 잃고 말겠구나. 집과 짐승을 한꺼번에 다 잃다니." 하고 말씀하시는 것이었다. 그리하여 물루는 맛있는 고깃덩어리를 얻어먹곤 했다. 무절제하게 쏘다니며 놀아 대다가 받은 상처가 아물려면 아닌 게 아니라 좀 잘 먹을 필요가 있었다. 지난번에는 (부활절 때였다.) 며칠 동안이나 집을 비우더니 끝내는 눈에 피가 맺히고 다리는 절고 몸뚱이에는 총알이 박힌 꼴로 돌아왔다. 나는 이 소식을 아테네에 가 있는 동안에 들었다. 그토록 오랫동안 아끼고 사랑했던 짐승이 시력을 상실했다는 생각이 내가 좋아하는 도시에서 이리저리 산책하는 동안 줄곧 머릿속을 떠나지 않았다. 어떤 도시를, 어떤 짐승을 사랑하는 것과 어떤 여자를, 어떤 친구를 사랑하는 것 — 우리는 머릿속으로는 이런 것을 서로 구별하려고 애쓰고, 마음속으로는 이런 것이 다 같은 것이라고 단순하게 생각한다 — 이런 모든 애정을 표시하는 데에는 오직 한 가지 말밖에는 없다. 사람들이 묵주 신공을 우습게 아는 것을 보고 그것을 옹호하려고 어떤 설교사가 이렇게 말했다. "사

63

실 언제나 똑같은 내용이긴 하지요. 그렇지만 사랑하는 마음을 나타내려고 할 때 '나는 당신을 사랑합니다.'라는 말이외에 다른 무슨 말을 할 수 있겠습니까? 사랑은 마음속에서 모든 순간들과 모든 존재들을 하나로 합쳐 주는 것입니다." 과연 나는 아테네에 머무르는 동안 고대 사람들이 짐승의 존엄을 업신여기지 않았음을 보았다. 그들은 종교적인 축제나 내심 깊은 곳에서 느낀 상(喪)의 애통함에도 짐승을 결부시켜 생각했던 것이다. 파르테논 신전의 굽도리 작은 벽에 날뛰는 말들의 모습이 새겨진 것은 그들 역시 여신을 향해 가고 있는 행렬에 참가하도록 하기 위함이었다. 그들은 또 묘석의 조각 속에 고인이 사랑하던 개의 모습을 새겨 넣는 것을 잊지 않았다.

이 동물들은 사람의 일상생활에 한데 어울리고 사람의 기쁨과 슬픔을 함께 나눈다. 프랑스의 어느 위대한 작가는 아테네에 도착하자 곧 어떤 어린아이가 사고로 죽는 광경을 목격하게 되었는데, 그 때문에 아크로폴리스에 대한 경탄이 반감되고 말았다고 말한 일이 있다. 이야말로 이상한

생각이 아닌가? 오히려 그곳이야말로 세상에서 가장 참다
운 공감이 숨 쉬는 곳이요, 마음속에 느껴지는 모든 사소한
감정들에 대해 동정이 느껴지는 장소가 아니겠는가? 그것
은 사실 너무나 인간적인 공감이요 동정이어서 단 한 가지
유감스러운 것이 있다면 바로 너무 배타적으로 인간적이라
는 점과 그로 인하여 초월적인 힘을 간과하는 듯한 느낌을
준다는 점이다. 이 도시에서 한 마리 짐승에게 생긴 불행을
생각한다는 것은 그런 생각에 어떤 고결함을 부여한다. 항
상 어떤 우스꽝스러운 상상 쪽으로 과도하게 머리가 돌아
가는 프랑스적 정신에 필요한 것이 바로 그런 고결함이다.

　　그러나 한편 그 고양이가 이제는 불구의 몸이 되어 눈
이 멀고 개체로서의 삶을 살아갈 수 없고, 더군다나 제가
왜 얻어맞은 것인지 알지 못한 채 암흑 속에서 꼼짝달싹도
못 하며 지내야 할 것을 상상하니 그에게는 차라리 죽는 쪽
이 나을 것이라는 생각이 들었다. 아니, 나는 다름이 아니
라 그 고양이 자신을 위해서 그런 생각을 하고 있는 것이라
여기려고 애를 썼다. 그런데 사실은 내가 사랑하는 한 존재

가 괴로워하는 모습을 더 이상 보고 견디기 어려워서 그렇게 생각했던 것이다. 그러나 막상 고양이 자신에게 물어볼 수만 있었다면 그는 라퐁텐10의 우화에 나오는 '나무꾼'처럼 대답했을 것이다. 불행한 존재들에 대한 이른바 연민 때문이라지만 사실은 그 존재들의 비참한 모습을 눈으로 보지 않기 위해 우리는 그들의 죽음을 바라는 것이다. 또 어쩌면 우리는 우리가 사랑하는 사람들의 고통을 당사자보다도 더 감수하기 어려워하는 것인지도 모른다. 그래서 어떤 아버지는 결혼한 그의 딸들이 날이 갈수록 더한 가난에 빠져들게 되자, 그렇게도 부족한 것이라곤 모르고 자랐던 그 아이들이 헐벗음 속에서 사느니 차라리 죽어 버리는 꼴을 보는 편이 낫다고 말하는 것이었다.

내가 여행에서 돌아와 보니 물루는 몸이 회복되어 있었다. 그러나 한쪽 눈은 잃어버린 채였다. 눈알이 없어진 자리에는 오직 피가 엉긴 덩어리만이 보일 뿐이었다. 어머니는 그가 너무나 가엾어서 감히 그를 죽여 달라고 할 용기가 나지를 않더라고 말했다. 독립적인 생활과 바깥 공기를

10 장 드 라퐁텐(Jean de La Fontaine, 1621~1695). 프랑스의 고전주의 시인이자 우화 작가.

몹시 좋아했지만 몸이 불편할 때면 남의 눈에 제 모습을 보이기를 한사코 싫어했던 그인지라 여러 날 동안 부엌 구석의 상자 속에서만 처박힌 채 지냈다. 어머니는 그를 정성껏 간호했다. 마침내 이제는 걷기도 하고 먹기도 할 수 있게 되었다. 그러나 그는 슬픔에 사로잡히고 말았다. 그는 쪼그라들어 버린 존재에 지나지 않았다. 자기도 그것을 의식하고 있었다.

여름도 다 끝나갈 무렵, 결국 물루의 운명에 대해서도 결정을 내리지 않을 수 없게 되었다. 물론 그를 데리고 떠난다는 것은 생각도 못 할 일이었다. 오래 걸리는 여행인데다 목적지도 불확실했고 여러 곳에 기착하도록 되어 있었으므로 데리고 가는 것은 불가능했다. 가장 좋은 방법은 그를 누군가에게 주고 가는 것이었다. 내 친구 기유11가 그를 맡겠다고 나섰다. 그의 집 정원에서라면 물루는 큰 대감님같이 살 수 있을 것 같았다. 또 암고양이가 아주 기분 좋은 벗이 되어 줄 수도 있을 것이었다. 그러나 그 집 개 토토는 원기가 어찌나 왕성한지 짐승이고 사람이고 가릴 것 없

67

---

11 루이 기유(Louis Guilloux, 1899~1980). 프랑스의 작가.

이 모든 방문객에게 다짜고짜 달려들어 놓고 보는 판이었다. 게다가 기유 역시 머지않아 그 도시를 떠나게 되어 있었다.

그 밖에 줄 데라곤 이웃 사람들뿐이었다. 우리 왼쪽 집 이웃은 늙은 노인이었는데 물루가 몇 번씩이나 그의 침대에 올라가 눕기도 하고 그 집 병아리들을 물어 죽인 일이 있었는데도 고양이를 귀여워해 주었다. 그렇지만 그 노인은 매년 여름을 시골에 내려가서 보내곤 하니 그동안 물루는 어떻게 될 것인가? 다른 쪽 이웃은 관리였는데 과연 정년퇴직 때까지 브르타뉴에 남아 살게 될지 확실치 않았다. 카르카손12에서 태어난 사람이라 그는 당연히 자기 고향이 세상에서 가장 아름다운 도시라고 생각하고 있었다. 그런 남프랑스 사람에게 집 안에만 틀어박혀 사는 짐승을 맡길 수는 없는 노릇이었다.

고양이는 여행을 좋아하지 않는다. 그는 다만 자유를 좋아할 뿐이다. 그는 이리저리 헤매고 다니지만 항상 정해진 집으로 되돌아온다. 흔히들 고양이는 사람보다 집을 더

12 프랑스 서남부 관광 도시.

좋아한다고 한다. 그러나 사람의 마음은 그것을 믿으려고
하지 않는다. 하여간 그를 아무에게나 맡길 수는 없는 노릇
이었다. 또 다른 사람들은 고양이와 같이 지내는 데 습관이
되어 있지 않았다. 이때 습관이란 말은 사랑이란 말과 동의
어다. 그런데 나는 물루와 오랫동안 같이 살아온 것이었다.

그토록 대단한 상처를 입은 것으로 보아 동네에 적을
많이 만들어 놓은 것이 분명한 이 짐승을 그냥 버리고 떠날
수는 없는 일이었다. 이웃 사람들 중 어떤 이가 고양이를
아주 미워한다는 말을 들은 어머니가 그 집을 찾아간 일이
있었는데 집에는 그의 아내 혼자뿐이었다. "뭐라고요? 아
주머니, 우리 집 주인은 소총 같은 건 갖고 있지도 않아요.
있다면 그저 공기총 한 자루뿐이지만 그거야 토끼 사냥하
는 데에나 쓰는 거예요." 하고 그 여자는 말했다. 어머니가
그래도 여전히 한탄하자 그 여자도 한탄하며 이렇게 말했
다. "댁의 불쌍한 고양이처럼 죄 없는 짐승들을 괴롭히다니
세상에 그게 말이나 되는 일입니까!" 그러나 나중에 들은
이야기에 의하면 그 집 남자는(여기서 그 이름을 밝히지는 않

겠지만) 고양이라면 원수같이 여긴다고 했다. 그는 개들을 흥분시켜 고양이에게 덤벼들게 만들어 놓고 잔인한 쾌감을 맛보는 것이었다.

안 될 일이었다. 물루를 남에게 맡기고 간다는 것은 못 할 짓이었다. 동네 안에 그를 미워하는 적이 있다는 것은 결국 그가 끊임없이 죽음의 위협을 받고 있음을 의미했다. 결국 그를 희생시키는 도리밖에 없었다. 다만 고통을 최소한으로 줄이는 방법을 찾아내지 않으면 안 되었다.

수의사인 세르벨 씨가 한 마리에 12프랑씩을 받고 개나 고양이를 죽여 준다는 소문이 있었다. 출발 전날이 되어서야 비로소 나는 마음을 정했다. 세르벨 씨는 집에 없었는데 점심 식사 때에나 돌아온다고 했다. 나는 그냥 집으로 돌아왔다. 어머니는 가까운 곳에서 놀고 있는 고양이를 불러서 맛있는 음식을 잔뜩 먹였다. 그로서는 참으로 오랜만에 먹어 보는 최고의 요리였다. 사형수에게도 이런 대접을 한다.

일을 빨리 해치우기 위해 우리는 고양이를 부엌에 가두고 그의 몸 크기에 맞는 바구니를 하나 골라 놓았다. 그

리고 나는 마지막 순간에 저항할 틈도 주지 않고 고양이를
바구니 속으로 밀어 넣고는 수의사 집으로 출발했다. 날씨
는 맑았다. 나는 공원 한가운데를 가로질러 건너갔는데 그
곳에는 작업에 복귀할 시간을 기다리는 점원들이며 노동
자들이 마로니에와 보리수 그늘 아래로 가득 모여들기 시
작하고 있었다. 발걸음을 뗄 때마다 꿈틀거리는 고양이 때
문에 균형이 이리저리로 쏠리는 바구니 속에서는 가느다
란 울음소리가 흘러나왔다. 그러나 그 소리도 이내 그쳐 버
렸다. 도대체 인간은 무슨 특권을 가졌기에 짐승들의 생명
을 마음대로 할 수 있단 말인가 하는 생각이 마음속에 떠올
랐다. 그러나 수의사는 그런 의문 따위는 아랑곳하지 않았
다. 정원에서 아내와 커피를 마시고 있던 그는 곧 자리에서
일어나 사무실에서 나를 맞았다. 그 역시 "참 예쁜 고양이
였네요."라고 말하면서 고양이의 목 부분의 가죽을 잡아 들
었다. 물루가 어찌나 야단스럽게 몸부림을 쳐 댔는지 『시
골 생활』, 『정원과 닭장』, 『프랑스 수의사 연감』 등의 책들
이 그만 뒤집혔다. 우리는 그를 강제로 자루 속에 집어넣

71

었다. "이 동물은 호랑이하고 닮은 데가 있어서 자루 속에 넣은 다음 천을 거쳐서 주사침을 찌르는 도리밖엔 없거든요." 하고 수의사가 말했기 때문이다. 그는 고양이를 자루 밑바닥 쪽으로 밀어 넣고는 물루가 꼼짝도 할 수 없도록 자루를 끈으로 묶었다. 사실 고양이는 너무나 겁에 질려 있어서 어둠 속에 갇힌 채 몸을 움직일 생각도 할 수 없는 형편이었다. 수의사는 자루를 창고 안으로 가지고 들어갔다. 그동안 나는 대기실에서 벽시계, 옷솔, 우산, 거실의 문 위에 달린 사슴의 뿔 따위를 물끄러미 바라보고 있었다. 그리고 "이제 다 되었습니다." 하는 소리가 들렸다. 세르벨 씨는 고양이를 가지고 와서 "제가 뒤처리를 해 드릴까요?" 하고 내게 물었다. 나는 거절했다. 나는 그를 바구니에 담아서 도로 가져가겠으니 그냥 계산서를 달라고 부탁했다. 내가 바구니를 팔에 걸고 다시 그곳을 떠날 때 수의사의 아내는 커피를 다 마셔 가고 있는 중이었다. 공원에는 벌써 어린애 보는 하녀들과 늙은이들이 가득했다. 바구니는 들고 가기에 무거웠다. 어머니는 매우 울적한 마음으로 나를 기다리

72

고 있었다. 나는 사체를 꺼냈다. 두 눈은 흐릿하고 털은 몸에 착 달라붙어 있었다. 다리들은 축 늘어져 있었다. 물루가 놀라울 정도로 고분고분 내게 몸을 맡기고 있다는 생각이 들었다.

그는 우리에게 지극히 드물게 작용하는 범우주적인 사랑의 법칙에 복종하고 있는 것이었다. 그의 존재를 사로잡아 그의 겉모습을 다듬어 형상을 굳혀 놓은 그 법칙 말이다. 전에 그는 태양이 뜨겁고 밤이 싸늘하다고 느낄 수 있었다. 그런데 이제 그는 이 세상 어디에서나 화해한다. 모든 곳에서 그는 영접받고 축복받을 것이다. 저를 맞아들이는 장소의 형태와 결합하여 차츰차츰 그 형태와 분간할 수 없도록 하나가 되어 버릴 것이다. 완강한 저항이 철저한 복종으로 변했다가 어떤 새로운 생존 속에서 다시 반항으로 소생할 것이니 이 소용돌이와 평화의 교차가 우주적인 삶을 구성한다.

이제 그를 묻어 주어야 할 차례였다. 아마도 수의사가 '뒤처리를 해 주겠다.'라고 한 것은 오로지 그 가죽을 팔기

73

위해서였겠지만 최근 시가로 집고양이의 가죽은 불과 3프 랑밖에 되지 않았다. 어머니는 그를 나무 상자 속에 담아 묻을 생각인 듯했다. 그러나 내가 이미 물루를 갈레리 라파 예트 백화점의 종이 상자 속에 담아 눕혀 놓은 뒤였다. "이 렇게 하는 편이 더 나을 것 같아요. 더 빨리 썩을 테니까 요." 하고 나는 어머니에게 말했다. 나는 정원 한구석 커다 란 월계수 아래에 구덩이를 팠다. 아무도 거기까지 가 볼 생각은 하지 않을 테니 물루에게 방해되지 않아 좋을 것 같 았다.

이제 마침내 물루는 제가 좋아했던 정원에, 제 집으로 여기며 지냈던 정원에 묻혔으니, 쉬렌 근처의 섬에 매장되 는 파리의 고양이들보다 더 행복하고, 무엇보다 가슴이 조 여들도록 답답한 공동묘지에 묻히는 사람들보다 더 행복하 며, 아피아 가도를 따라 자기네 전원 영지에 묻히는 부유한 로마 사람들만큼이나 행복하다.

그는 이제 땅 속에 누워 있었다. 바로 그날 저녁부터 떨어진 낙엽이 그 위를 덮었다. 나는 발길을 재촉해 허둥

지둥 내 방으로 올라갔다. 그다음 날 출발할 예정이었는데
이사 준비가 아직도 채 끝나지 않은 상태로 남아 있었던
것이다.

케르겔렌 군도¹³

2

    나는14 혼자서, 아무것도 가진 것 없이, 낯선 도시에 도
착하는 것을 수없이 꿈꾸어 보았다. 그러면 나는 겸허하게,
아니 남루하게 살 수 있을 것 같았다. 무엇보다 그렇게 되
면 '비밀'을 간직할 수 있을 것 같았다. 나 자신에 대하여
말을 한다거나 내가 이러이러한 사람이라는 것을 드러내
보인다거나, 내 이름으로 행동한다는 것은 바로 내가 지닌
것 중 그 무엇인가 가장 귀중한 것을 겉으로 드러내는 일
이라는 생각을 나는 늘 해 왔다. 무슨 귀중한 것이 있기에?
아마 이런 생각은 다만 마음이 약하다는 증거, 즉 단순히
존재할 뿐만 아니라 자신의 존재를 '분명히 드러내기' 위하
여 누구에게나 반드시 필요하게 마련인 힘이 결여되어 있
음을 나타내는 것인지도 모른다. 나는 이제 더 이상 환상에
속지는 않는다. 그래서 이 같은 타고난 부족함을 무슨 드높
은 영혼의 발로라고 내세우지 않는다. 그러나 내게는 여전
히 그런 비밀에 대한 취향이 남아 있다. 나는 오로지 나만
의 삶을 갖는다는 즐거움을 위하여 별것 아닌 행동들을 숨
기기도 한다.

77

13 옛적에는 "황폐의 섬", 나중에는 "남극 프랑스"로 불리던 인도양
    남쪽 프랑스령 군도. 사람이 사는 가장 가까운 땅 레위니옹섬에서
    3250킬로미터 떨어져 있으며 그중 면적이 가장 넓은 "큰 섬" 누벨
    칼레도니는 코르시카 다음으로 큰 프랑스 섬이다.
14 사실 소설가들이 흔히 쓰는 '그는'의 거리감보다 '나는'의 솔직함
    을 더 신뢰하지는 않게 되었으면서도 나는 하는 수 없이 여기서
    '나는'이라고 말한다.(원주)

비밀스러운 삶, 고독한 삶이 아니라 비밀스러운 삶 말이다. 나는 오랫동안 그 꿈이 실현 가능한 것이라고 믿어 왔다. 루소는 에름농빌에 숨어 살면서도 여전히 사람들에게 부대꼈다. 그러나 비밀스러운 생활이라면 예를 들어 데카르트가 암스테르담에서 영위했던 생활이 바로 그런 것이다. 도무지 변화라곤 없이 단조로운 데다 계속적이며 공개적인, 그리고 극단적으로 단순한 생활을 영위함으로써 데카르트는 그 비밀을 충실하게 지킬 수 있었던 것이다. 후세 사람들은 암스테르담에서 그가 살았던 집에다 당연히 그래야 한다는 듯 기념판을 붙여 놓았지만 사실 그 집은 시내 한가운데 있는 평범한 건물에 지나지 않는다. 그렇게 보란 듯 드러내 놓은 범속한 생활 덕분에 그는 남들과 떨어져 지내는 혜택을 얻은 것이다. '억세고 활동적인 데다가 남의 일을 궁금해 하기보다는 자기 일에 더 골몰하는 그 대단한 백성들의 무리에 섞인 채, 사람의 왕래가 가장 잦은 대도시가 제공하는 편리함은 골고루 다 누려 가면서 나는 가장 한갓진 사막 한가운데서 사는 것 못지않게 고독하고 호젓한

생활을 할 수 있었다.' 데카르트의 선택은 하나를 양보해서
둘을 얻은 것이었다. 그는 생활을 완전히 개방해 놓음으로
써 정신은 자기만의 것으로 간직할 수 있었다.

　그런 의미에서, 내가 베니스에서 보낸 시절은 내 생애
에 있어서 가장 행복했던 날들이었다. 오랜 여행 끝에 그곳
에 도착한 지 일주일 만에 내 수중에는 단 한 푼의 돈도 남
지 않은 처지가 되었으니 말이다. 프랑스로 되돌아가는 것
도 불가능한 형편이었으므로 나는 일찌감치 일자리를 찾아
나설 수밖에 없었다. 희망 없는 노동이 얼마나 끔찍한 것인
지 알지 못했던 때라 나는 오히려 신바람이 났다. 프랑스
영사관을 찾아가 봤으나 물론 퇴짜 맞고 되돌아 나왔다. 베
를리츠 중학교에서는 '마침' 비어 있던 자리에 사람을 채워
넣고 난 참이라는 이야기였다. 뒷골목에 자리 잡고 있는 어
느 프랑스 출신 상인이 자기도 나와 같은 곤경에 처했던 경
험이 있다면서, 호텔에서 외국 손님을 맞는 카운터의 일자
리를 구해 보라고 귀띔해 주었다. 밤을 새우고도 또 반나
절을 더 일해야 했으니 좀 힘든 일이었다. 그러나 젊을 때

야……. 하지만 이런 식의 현실적인 면은 더 이상 내 관심
사가 못 되었다.

내가 원하는 바는 다름이 아니라 잡다한 현실로부터
벗어나 '자연 상태(état de nature)'로 되돌아가는 일이었
다.(그렇지만 나도 정말 자연은 그런 자연 상태라는 것을 달갑
게 여기지 않는다는 것을 느낄 수 있다. 왜냐하면 정말 자연은
투쟁이요 공포이기 때문이다). 자연이라! 그러나 나는 베니
스에서 한 달 이상은 살지 못했을 것이다. 싸구려라도 좋으
니 단 한 편의 영화만 구경할 수 있다면 그 모든 석호들을
다 버리고 떠나고만 싶었으니 말이다.

순전히 물질적인 구속 외에는 아무런 구속 없이(그때만
해도 나는 물질적인 구속이 순전히 물질적인 것만은 아니라는
것을 모르고 있었다.) 지내는 그 이상적인 생활도 얼마 지나
지 않아 인위적이며 속이 텅 빈 생활로 느껴졌던 모양이다.
처음은 항상 멋지게 마련이다. 다만 그다음은 멋이 덜해진
다. 카사노바가 플롬의 감옥15을 탈출하여 리바 스키아보
니16의 대기를 들이마셨던 아침은 얼마나 아름다운 아침이

15 카사노바가 1755년 7월 26일 풍기문란, 무신론 등의 죄목으로 투
    옥된 베니스의 유명한 감옥. 겨울에는 추위를, 여름에는 더위를
    강화하는 납(플롬)으로 지붕을 덮었다 하여 이 별명을 얻었다.
16 베니스 산마르코 광장에서 아르세날레까지 이어지는 해변 산책로.

었겠는가! 그때의 도취한 기분은 쉽사리 짐작이 간다. 그러나 그 역시 더 먼 곳으로 도망쳐야 할 처지가 아니었다면 에스클라본의 산책로17도 다음 날부터 당장 따분하게 여겨졌을 것이다. 그는 숱한 약혼녀들에게 자기는 본래 결혼이 적성에 안 맞는 사람이라고 말한다. 그러나 결국 그는 보헤미아 지방의 어느 해묵은 성과 결혼하여 그의 생애에서 가장 쓸쓸한 최후의 날들을 거기서 보내고 만다. 회춘의 샘18을 노래하는 시인들은 우리를 속인다. 인간의 정신과 시간 사이에는 견디기 어려운 관계가 맺어져 있다. 청춘, 자유, 사랑……이라는 말을 들을 때면 항상 스탕달이 산피에트로 인 몬토리오19에서 자기가 '사랑하는' 풍경을 앞에 두고 썼다는 다음과 같은 짤막한 말이 왜 생각나는지 까닭을 모르겠다. "오늘 내 나이 쉰 살이 되었다." 이야기를 더 하지 말자. 그러다가는 또 파스칼 이야기를 해야 하니까.

81

꿈을 사라져 버리게 하는 것은 꿈의 헛됨에 대한 깨달음이 아니다. 이상하게도 그 같은 비밀의 감정은 마치 끈

---

17 베니스 산마르코 광장 부근의 해변.
18 '생명의 샘', '영생의 샘'이라고도 불리는 이 신화적 샘은 성서에서 그 기원을 찾을 수 있는데 많은 문필가들이 이 샘의 정화, 소생의 능력을 노래했다.
19 로마에 있는 교회.

질기고 머리 아픈 어떤 냄새, 심지어 창문을 활짝 열어젖혀 두어도 가시지 않는 냄새와 같은 것이다. 방탕한 생활에 빠져 버린 어떤 친구가 전에 내게 이런 말을 한 적이 있다. 그의 관심이 끌리는 쪽은 댄스홀이나 다른 쾌락의 장소들이 아니라 어둠이 내릴 무렵 여인들이 옷깃을 스치고 지나가며 나직한 목소리로 유혹의 말을 건네 오는 한적한 골목길들이라는 것이었다. 이런 극단적인 예를 들지 않더라도, 강렬한 감정치고 깊이 감춰진 감정이 아닌 것은 없다고 말할 수 있다. 지중해 연안 민족들, 회교도들, 그리스·로마 고대인들은 사적 생활과 공적 생활을 구별했으므로 그들에게 이쪽과 저쪽은 아무런 관계가 없다. 프랑스에서는 자신의 사생활의 아주 작은 일들도 털어놓지 않으면 주위 사람들이 놀라워하다 못해 원망스러워 한다. 그래서 사람들이 도무지 이해할 수 없다고 떠들어 대는 한 가지 감정이 있으니 다름 아닌 질투가 그것이다. 입으로는 늘상 우정, 자유, 솔직함만을 이야기한다. 덕과 쾌락을 동시에 도외시하는 기이한 관념이다. 어떤 풍토에서는 오직 궁핍만이 마음 약한

82

사람들을 서로 가까워지게 하고 굳건하게 만든다. 궁핍은 그것이 야기하는 장애물들의 크기에 의해 한동안 모든 것에서 외적인 것을 고립시킨다. 육체노동의 필요가 상호 접촉을 회복시킬 수 있다는 것은 사실이다. 그러나 파리는 누구에게나 열려 있는 대표적 도시다. 오래된 도시들은 대개 보다 폐쇄적이다. 바다를 향하여 열려 있고 햇빛 속에 전시되어 있는 베니스 옆에는 속을 알 수 없도록 꽉 닫힌 베로나가 있다. 『로미오와 줄리엣』의 무대가 베니스 아닌 베로나인 데에는 여러 가지 이유가 있다. 나는 다만 다음의 한 가지 이유만을 주목하고자 한다.

　이탈리아의 어느 오래된 도시 부근에 살고 있을 적에 나는 집으로 돌아올 때마다 포석이 고르지 못하며 매우 높은 두 개의 담장 사이에 꼭 끼여 있는 좁은 골목을 지나곤 했다.('시골 바닥에' 그처럼 높은 담장들이 있다는 것은 상상하기 어려울 것이다.) 때는 4월이나 5월쯤이었다. 내가 그 골목의 직각으로 꺾이는 지점에 이를 때면 강렬한 재스민과 라일락 꽃 냄새가 내 머리 위로 밀어닥치곤 했다. 꽃들은 담

83

장 너머에 가려져 있어서 보이지 않았다. 그러나 나는 꽃 내음을 맡기 위하여 오랫동안 발걸음을 멈춘 채 서 있었고 나의 밤은 향기로 물들었다. 자기가 사랑하는 그 꽃들을 아 깝다는 듯 담장 속에 숨겨 두는 그 사람들의 심정을 나는 너무나도 잘 이해할 수가 있었다. 어떤 열렬한 사랑은 그 주위에 굳건한 요새의 성벽들을 쌓아 두려 한다. 그 순간 나는 하나하나의 사물을 아름답게 만드는 비밀을 예찬했 다. 비밀이 없이는 행복도 없다는 것을.

낯선 도시에서 비밀스러운 삶을 살고 싶어 하는 내 꿈 이야기로 되돌아와 보자. 나는 내가 이러이러한 사람임을 드러내 보이고 싶지 않은 것은 물론이고 한 걸음 더 나아가 낯선 사람들과 말을 하지 않을 수 없는 경우에라도 실제보 다 더 보잘것없는 사람으로 보이고 싶다. 예를 들어 사실은 어떤 나라를 가 봐서 알고 있다 하더라도 나는 모르는 척하 고 싶다. 내게는 익숙한 어떤 사상을 누가 장황하게 이야 기한다면 나는 그런 것을 처음 듣는 것처럼 하고 싶다. 누가 나의 사회적 지위를 묻는다면 나는 지위를 낮추어 대답하고 싶다. 내가 실제로 감독이라면 인부라고 말하고 싶다. 유식하게 떠드는 사람의 말은 듣기만 할 뿐 그걸 반박하지 않았으면 싶다. 나는 '격'이 낮은 사람들과 왕래하고 싶다. 이런 관점에서 본다면 파리는 모든 대도시들이나 마찬가지로 귀중한 곳이다. 무엇인가 감출 것이 있는 사람들은 그래서 파리를 좋아한다. 그곳에서는 이중, 삼중 혹은 그 이상의 생활을 영위할 수 있다. 그러나 내가 여기서 말하고자 하는 것은 정확하게 그것은 아니다. 아무런 감출 것이 없을 때도 자기를 감출 수는 있는 법이다. 파리에서는 아파트 경비원이나 호텔의 수부 계원 이외에는 그 어느 누구와도 접촉하는 일 없이 자기가 사는 동네 일은 전혀 알지도 못한 채 한 달 동안이나 지낼 수 있다. 그러나 그런 생활을 훼손당하지 않고 제대로 보전하려면 데카르트처럼 하루에 두어 번씩 경비원이나 호텔의 계원과 이야기를 주고받는 일을 감내하는 것이 절대적으로 필요하다. 그들의 주제넘고 위험하기 짝이 없는 호기심에 선수를 치지 않으면 안 된다.

85

심지어 그들에게 속내 얘기를 털어놓기도 해야 한다. 보다 더 비밀스러운 삶을 간직하고 싶으면 그럴수록 그때의 속내 얘기는 더욱 솔직하고 소상한 것이어야 할 터다. 그런 속내 얘기들이 완전히 무해무득한 분야의 내용이어야 한다는 것은 말할 필요도 없겠지만.

이리하여 기분 내키는 대로 일시적 변덕에 빠져들 수 있다는 것은 얼마나 큰 즐거움인가! 예를 들어 이름 없는 어떤 술집의 한갓진 뒷방에서 두 시간씩이나 허송할 수도 있다. 그렇다. 정말 허송하는 것이다.(런던에도 그런 술집들이 있다. 어떤 특정한 시간에만 문을 여는데 우리는 마치 도둑처럼 슬며시 그 안으로 들어가게 된다.) 그곳에서 마실 것을 날라다 주는 보이와 더불어 최근 돌파된 비행 기록에 대하여 한담을 한다. 그는 전혀 의심하는 빛이 없다. 자기가 언젠가는 반드시 죽어야 할 존재라는 것을 그는 모른다.(그런데 나는 그것을 알고 있다.)

그러므로 이런 비밀스러운 삶이 반드시 부자연스럽고 수치스러운 것은 아니다. 그런 삶은 우리 자신의 참다운 모습을 발견하는 데 도움이 된다. 파스칼은 이것을 하지 않았다, 파스칼은 이것을 했어야 옳았을 것이다, 같은 식으로 떠들어 대는 문학 비평가와 대화를 하느니 트럼프 놀이를 하고 있는 미장이와 이야기하는 것이 파스칼과 더 가까워지는 길이다. 그러나 나는 그런 비밀스러운 삶이 반드시 우리들을 더 나은 사람으로 만들어 준다고 주장할 생각은 없다. 나는 여기서 어떤 행동 방식을 묘사하고 있는 것뿐이다.

그런 모든 것 중에서 가장 흥미 있게 눈여겨볼 만한 것은 자기 자신을 미천하게 느끼고 싶어 하는 욕구다. 겁을 먹은 짐승들만이 몸을 숨긴다. 그들이 몸을 숨기는 것은 약하기 때문이다. 따라서 그런 종류의 삶은 분명 내면적으로 약한 데가 있다는 증거라고 나는 믿는다. 거기에는 심지어 업신여김을 당하고 싶어 하는 병적인 욕구가, 심지어 어떤 경우에는 정말 어떤 마조히즘마저 숨어 있는 것이 아닐까? 목적을 달성하기 위해 인간이 사용할 수 있는 수단은 숱하게 많다. 그중 가장 효과적인 것은 허풍이다. 허풍은 상술의 요체일 뿐만 아니라 모든 인간 관계를 지배한다. 반면

87

내가 여기서 말하는 사람들의 생활에는 허풍이 완전히 배제되어 있다고 할 수 있다. 아니 그런 사람들은 거꾸로 된 허풍을 실천한다고까지 말할 수 있을 것이다. 그들은 실제보다 더 미천한 존재가 되고자 하고 남의 눈에 띄지 않은 채 지내고자 하며 필요하다면 자신을 헐뜯기까지 한다. 자신의 각종 양심의 거리낌들을 잔뜩 늘어놓으면서 고해 신부를 당황하게 하고 정신 분석의의 대기실을 가득 메우는 이들은 바로 그런 사람들이다. 말로 다 표현하기 어려울 정도로 야망이 결핍되어 있으면서도 그들은 조그만 구실만 있어도 자신을 비하하는 기회로 삼으려고 한다. 이리하여 내가 아는 어떤 큰 식료품상 주인은 물건의 생산자에게 가장 품질 좋은 통조림을 납품해 달라고 직접 요청할 수 있는데도, 치욕스런 입장이 될 가능성이 다분히 있는데도 말단 직원들에게 찾아가 빌면서 동냥하듯 물건을 구해 오는 것이었다. 그런 치욕에서 그는 씁쓸한 쾌감을 맛보고 있었다.

이것은 그러니까 '열등 콤플렉스'에 의한 하나의 설명이다. 이런 설명과 반드시 양립 불가능한 것이 아닌 또 하나의 설명도 생각해 볼 수 있다. 내가 말하는 이런 유의 사람들에게는 명예냐 불명예냐, 부유하냐 가난하냐와 같이 일반적인 면에서 인간들 사이의 관습적 차이는 우스꽝스럽기 그지없는 코미디라는 느낌이 확신으로 박혀 있다. 그 감정은 무슨 호사가 같은 감정도 아니고 행동인의 혁명적 감정도 아니다. 그것은 오히려 인간들이 연출하기 마련인, 그리고 인간들이 그토록 진지한 것으로 여기는 그 한심한 역할에 대한 지성적인 반항이요 내면적인 분노라 하겠다. 말썽을 일으키고 싶은 욕구는 바로 거기서 생겨난다. 어떤 사람에게 말을 걸면서 그의 이름을 틀리게 부른다. 이름 따위가 뭣이 중요하단 말인가! 편지를 거꾸로 된 내용으로 쓴다. 슬픈 일을 유쾌한 것으로 간주하고 유쾌한 일을 슬픈 것으로 간주한다. 규칙 따위와는 상관없는 활동에는 규칙을 만들어 적용하고 규칙이 정해져 있는 활동에는 규칙을 없애 버린다. 가면을 벗어 내팽개친다. 그 가면 대신 다른 가면을 쓴다. 나중 것이나 먼저 것이나 매한가지고 먼저 것이나 나중 것이나 매한가지다. 작은 일도 큰일 못지않게 화

89

급한 것이다. 잃어버릴 일 분의 시간도 없고 벌어야 할 일 분의 시간도 없다. 모두가 다 잘 해결되었고 모두가 다 망쳐졌다. 진지하다고 할 수 있을까, 이런 것이?

이런 감정을 극단적으로 밀고 가면 안티스테네스[20]의 시니시즘[21]에 이른다. 그러나 시니컬한 사람은 그리 많지 않으며 참으로 시니컬한 사람이라고 해서 반드시 총명한 것은 아니다. 사실 진지함, 의젓함, 체통, 소유 등의 감정은 그러한 몰이성적인 경멸들이 넘어 들어올 수 없는 방벽의 구실을 해 준다.

지금까지 내가 말한 모든 것은 부분적으로만 정확하다. 만인에게 감춰진 삶에는 어떤 위대함이 있다. 구태여 데카르트와 파스칼(그의 만년의 경우겠지만)의 이야기를 해야만 할까? 예수에게는 공적인 생활 이전에 감춰진 삶이 있었다. 그에게는 내려야 할 계시가 있었고 성취해야 할 신성한 소임이 있기 때문이다. 단순한 위인들의 경우는 그 순서가 반대다. 이 경우 공적인 생활은 오로지 감춰진 생활

20 Antisthenes(기원전 445~기원전 365). 그리스 철학자로 견유학파의 시조.
21 인간의 인위적 제도나 관습 등을 부정하고 인간의 본성에 따라 자연스럽게 생활할 것을 주장하는 사상으로 견유주의라고도 부른다.

속으로 사라져 버리기를 염원할 뿐이다.(살롱을 드나들던 시절 다음에는 포르루아얄, 군대 생활 다음에는 네덜란드의 생활.) 그 위인들은 그 어두운 숲속으로 깊숙이 파묻히고,(단테는 그 숲에 대하여 그리도 절묘하게 이야기한다.) 그 숲은 영원히 닫힌 세계로 변하여 그 위인들이 지나간 자취마저 감춰 버린다. 엠페도클레스가 신고 있던 샌들만을 기슭에 벗어 둔 채 일부러 화산 분화구 속으로 몸을 던져 사라져 버렸다는 전설은 참으로 아름다운 상징이다. 힌두교도들은 늙으면 숲속으로 들어가 명상하며 여생을 마치도록 되어 있다.

달은 우리에게 늘 똑같은 한쪽만 보여 준다. 생각보다 많은 사람들의 삶 또한 그러하다. 그들의 삶의 가려진 쪽에 대해 우리는 추론을 통해서밖에 알지 못하는데 정작 단 하나 중요한 것은 그쪽이다.

노동으로 살아가야 하는 개인들 — 그러니까 거의 모든 사람들 — 에 대하여 사회가 요구하는 바는 너무나 잔혹한 것이다. 그래서 그들의 단 한 가지 희망이 있다면(물론

91

혁명에 대한 희망 이외에) 그것은 병에 걸리는 일뿐이다. 우리를 위협하는 질병과 사고가 그렇게도 많다는 사실에 사람들은 놀란다. 그것들이 그렇게 많은 까닭은 매일매일의 노동에 지쳐 버린 인간들이 그들의 남아 있는 영혼을 구해 내고자 할 때 찾아낼 수 있는 것이 기껏해야 질병이라는 저 한심한 피난처뿐이기 때문이다. 가난한 사람에게 병이란 여행과도 같은 것이며 병원 생활이란 그 나름의 으리으리한 고대광실 생활이다. 만약 부자들이 그걸 알았다면 가난한 사람들이 병에 걸리는 것을 허락하지 않았을 것이다.

그러나 그런 비참 속에서, 도저히 견딜 수 없을 것 같은 그런 시련들 속에서, 만사에 대하여, 무엇보다 먼저 자기 자신에 대해 회의를 느낄 때, 바로 그때 우리는 우리를 일으켜 세워 주는 어떤 현실과 접촉하게 된다. 우리가 혼자 살다가 혼자 죽을 수밖에 없는 운명이라 생각하면 심장이 멈춰 버릴 것만 같다. 부조리한 직분을 다해야 한다는 의무는 반항심을 불러일으킨다. 러시아 사람들이 태형과 시베리아 수용소에서 얻어 낸 안이한 효과에 매달리는 대신 우리가 비밀과 궁핍 속에 은신했을 때 우리는 '치욕을 통하여 영감을 얻어야 한다.'라는 사실을 깨닫는다.

나는 어떤 여행자가 쓴 케르겔렌 군도에 대한 묘사로 이 글을 마무리하고자 한다. 이 묘사는 내가 암시하려는 명상의 방향을 잘 보여 주는 것 같다.

케르겔렌 군도는 선박이 다니는 일체의 항로 밖에 위치하고 있어서 (……) 약 300개의 섬으로 이루어져 있고 그 해안에는 흔히 안개가 끼어 있으며 그 주위에는 위험한 암초들이 둘러싸고 있으므로 선박들은 극도로 조심하며 그 군도에 접근한다……. 그 고장의 내부는 완전히 황폐한 상태로 살아 있는 것이라고는 전혀 찾아볼 수 없다.

93

행운의 섬들

사람들은 여행을 왜 하는 것이냐고 묻는다.

언제나 충만한 힘을 갖고 싶으나 그러지 못한 사람들에게 여행이란 아마도 일상적 생활 속에서 졸고 있는 감정을 일깨우는 데 필요한 활력소일 것이다. 이런 경우, 사람들은 한 달 동안에, 일 년 동안에 몇 가지의 희귀한 감동들을 체험해 보기 위하여 여행을 한다. 우리 마음속의 저 내면적인 노래를 충동할 수 있는 그런 감동들 말이다. 그런 내면적 노래가 없이는 우리가 느끼는 그 어느 것도 가치를 지니지 못한다.

여러 날 동안 바르셀로나에 머무르면서 교회와 공원과 전람회를 구경하지만 그런 모든 것들로부터 남는 것이란 람블라 산호세22의 풍성한 꽃향기뿐이다. 기껏 그 정도의 것을 위하여 구태여 여행을 할 가치가 있을까? 물론 있다.

95

바레스23의 글을 읽어 본 사람이라면 톨레도24를 비극적인 모습으로 상상할 것이고 대성당과 그레코25의 그림들을 구경하면서 감동을 느끼려고 할 것이다. 그러나 그보다 오히려 발길 가는 대로 이리저리 돌아다니거나 분수가에

22 바르셀로나 중심부의 가장 상징적인 대로. 옛날에 산호세 수도원이 있었기에 붙여진 이름으로 19세기에는 이 대로에 유일한 꽃시장이 열렸다.
23 모리스 바레스(Maurice Barrès, 1862~1923). 프랑스의 작가.
24 스페인 마드리드 남쪽 타호강에 면한 도시.
25 엘 그레코(El Greco, 1541~1614). 그리스 태생 스페인 화가.

앉아 지나가는 여인들과 아이들을 바라보고 있는 편이 더 좋다. 톨레도나 시에나 같은 도시에 갈 때면 나는 철책을 친 창문들이나 분수에서 물이 흘러나오는 안뜰, 그리고 요새 성벽처럼 두껍고 높은 벽들을 오랫동안 물끄러미 바라보곤 했다. 밤에 창문 하나 없는 그 거창한 벽들을 따라 거니노라면 마치 그 벽들이 내게 무엇인가를 가르쳐 줄 것만 같았다. 저 방벽 너머에는 무엇이 있을까? 그러나 항상 요지부동으로 버티고 있게 마련인 저 방벽, 항상 무엇인가를 숨기고 있을 것 같은 저 신비 ─ 그런 모든 것에 붙일 수 있는 이름이란 바로 사랑이 아니고 무엇이겠는가? 어떤 종류의 사랑 말이다.(조르주 상드의 작품에 나오는 주인공들의 사랑 따위는 물론 아니고.)

그러므로 사람은 자기 자신에게서 도피하기 위해서가 아니라 ─ 그것은 불가능한 일 ─ 자기 자신을 되찾기 위하여 여행한다고 할 수 있다. 예수회 신자들이 육체적 단련을, 불교 신자들이 아편을, 화가가 알코올을 이용하듯이, 그럴 경우 여행은 하나의 수단이 된다. 일단 사용하고 나서 목표에 도달하면 높은 곳에 올라가는 데 썼던 사닥다리를 발로 밀어 버리게 된다. 마찬가지로 자기 자신의 인식에 도달하고 나면 바다 위로 배를 타고 여행할 때 멀미가 나던 여러 날과 기차 속에서의 불면 같은 것은 잊어버린다.(자기 자신의 인식이라지만 실은 자기 자신을 초월한 다른 그 무엇의 인식일 것이다.) 그런데 그 '자기 인식(reconnaissance)'이 반드시 여행의 종착역에 있는 것은 아니다. 사실은 그 자기 인식이 이루어질 때 여행이 완성된다.

따라서 인간이 탄생에서부터 죽음에 이르기까지 통과해 가야 하는 저 엄청난 고독들 속에는 어떤 각별히 중요한 장소들과 순간들이 있다는 것이 사실이다. 그 장소, 그 순간에 우리가 바라본 어떤 고장의 풍경은, 마치 위대한 음악가가 평범한 악기를 탄주하여 그 악기의 위력을 자기 자신에게 문자 그대로 '계시하여' 보이듯이, 우리들 영혼을 뒤흔들어 놓는다. 이 엉뚱한 인식이야말로 모든 인식 중에서도 가장 참된 것이다. 즉 내가 나 자신임을 인식하게 되는 것이다. 즉 잊었던 친구를 만나서 깜짝 놀라듯이 어떤 낯선

97

도시를 앞에 두고 깜짝 놀랄 때 우리가 바라보게 되는 것은 다름 아니라 우리 자신의 진정한 모습이다.

　토스카나, 혹은 프로방스의 햇빛 찬란하고 위대한 풍경들 속에서는 한눈에 다 들어오지 않을 만큼 광대한 평원들이 보이지만 자세한 구석구석 또한 모두 다 글씨로 쓴 듯이 확연하다. 클로드 로랭26의 그림을 상기시키는 이런 풍경에는 무엇보다 내가 앞서 말한 그런 계시들이 가득하다. 어떤 친구가 편지하기를, 한 달 동안의 즐거운 여행 끝에 시에나에 당도하여 오후 2시에 자신에게 배정된 방 안으로 들어갔을 때 열린 덧문 사이로 나무들, 하늘, 포도밭, 성당 등이 소용돌이치는 저 거대한 공간이 ── 그렇게 높은 곳에 위치한 시에나시가 굽어보는 저 절묘한 들판이 ── 보이자 그는 마치 어떤 열쇠 구멍으로 들여다보는 듯한 느낌이 들어서(그의 방은 하나의 깜깜한 점에 불과했다.) 그만 눈물이 쏟아져 나와 흐느껴 울기 시작했다고 했다. 찬미의 눈물이 아니라 '무력함'의 눈물이었다. 그는 깨달았다.(왜냐하면 그

　　　　　26　Claude Lorrain(1600~1682), 17세기 프랑스의 풍경화가.

것은 마음의 동요 이상으로 정신의 동요였음이 분명하니까.) 그
는 자기가 절대로 이룰 수 없는 모든 것을, 하는 수 없이 감
당하게 마련인 미천한 삶을 깨달은 것이었다. 그는 일순간
에 그의 염원들의, 그의 생각들의, 그의 마음의 무(無)가
현실이 되어 있음을 본 것이다. 모든 것이 거기에 주어져
있었지만 그는 어느 것 하나 가질 수 없었다. 그 한계점에
서 그는 지금까지는 그저 잠정적인 것에 지나지 않는다고
여겼던 이별, 그러면서도 오직 그만이 원했던27 그 이별이
결정적인 것임을 처음이자 마지막으로 의식했다고 말했다.

과연 어떤 광경들, 가령 나폴리의 해안, 카프리 또는
시디부사이드28의 꽃 핀 테라스들은 죽음에의 끊임없는 권
유와 같은 것이다. 우리의 마음을 가득 채워 주어야 마땅할
것들이 마음속에 무한한 공허를 파 놓는다. 가장 아름다운
명승지와 아름다운 해변에는 무덤들이 있다. 그 무덤들이
그곳에 있는 것은 우연이 아니다. 그곳에서는 너무 젊은 나
이에 자신들의 내부로 쏟아져 들어오는 그 엄청난 빛을 보
고 그만 질려 버린 사람들의 이름을 읽을 수 있다. 세비야

99

---

27 너무 약한 인간들은 성자들의 그것과는 반대되는 유혹들을 느낀
   다. 거부하고 싶은 유혹이 그것이다.(원주)
28 튀니지의 작은 해변 도시.

에서는 궁전, 성당, 과달키비르강 등등을 무시해 버리고 나면 삶이 여러 가지 이유에서 유쾌해진다. 그러나 그 고장의 의미심장한 '매혹'을 참으로 느끼려면, 히랄다29의 꼭대기에 올라가려다 그곳 수위에게 제지당해 보아야 한다. "저기는 두 사람씩 올라가야 합니다." 하고 그는 당신에게 말한다. "아니 왜요?" ── "자살하는 사람이 너무 많아서지요."

위대한 풍경의 아름다움은 인간의 힘으로 감당하기엔 너무나 벅찬 것이다. 그리스의 사원들이 매우 자그마한 것은 그것이 희망을 허락하지 않는 빛과 가없는 풍경으로 인하여 정신이 혼미해진 인간들을 위한 대피소로 지어졌기 때문이다. 햇빛이 가득 내리쪼이는 풍경을 보고 사람들은 어찌하여 상쾌한 풍경이라 말하는가? 태양은 세상을 공백 상태로 만들어 놓아 생명 있는 존재는 저 자신의 모습과 ── 아무런 기댈 곳도 없이 ── 대면하게 된다. 그 밖의 다른 곳에서는 어디나 구름과 안개와 바람과 비가 하늘을 가리고, 일거리니 걱정거리니 하는 따위를 구실로 인간의 타락한 모습을 은폐해 준다……. 나는 생피에르섬30에

100

29 세비야 대성당 꼭대기의 종탑.
30 스위스 베른 지역 비엘 호수 한가운데 있는 섬으로 1765년 이곳에 머물렀던 장자크 루소는 그의 『고독한 산책자의 몽상』, 「다섯 번째 산책」에서 이 섬의 시간이 주는 고립과 고독의 감정을 토로한다.

서 맛본 행복감에 대한 루소의 다음과 같은 묘사에 감탄하
여 마지않는다.

가장 달콤한 쾌락과 가장 생생한 기쁨을 맛보았던 시기라
고 해서 가장 추억에 남거나 가장 감동적인 것은 아니다.
그 짧은 황홀과 정열의 순간들은 그것이 아무리 강렬한 것
이라 할지라도 — 아니 바로 그 강렬함 때문에 — 인생 행
로의 여기저기에 드문드문 찍힌 점들에 지나지 않는다. 그
런 순간들은 너무나 드물고 너무나 빨리 지나가는 것이어
서 어떤 상태를 이루지 못한다. 내 마음속에 그리움을 자아
내는 행복은 덧없는 순간들로 이루어진 것이 아니라 단순
하며 항구적인 어떤 상태다. 그 상태는 그 자체로서는 강렬
한 것이 전혀 없지만 시간이 갈수록 매력이 점점 더 커져서
마침내는 그 속에서 극도의 희열을 느낄 수 있게 되는 그런
상태인 것이다.

그러나 루소가 비엘 호숫가에서 맛보았다고 느낀, 그

101

리고 '단순하며 항구적인 것'이라고 그토록 잘 묘사한 그 극도의 희열이란 것은 오히려 어떤 마비 상태라고 생각할 수 있지 않을까? 루소는 그의 비참과 죽음을 보지 않으려고 애쓴다. 내가 보기에는 극도의 희열이란 어떤 사람들에겐(나는 그들에 대하여 경탄을 금치 못한다.) 비극적인 것과 구별할 수 없는 성질을 지니고 있다. 희열은 비극성의 절정인 것이다. 어떤 정열의 소용돌이가 절정에 이르는 순간, 바로 그 순간에 영혼 속에는 엄청난 침묵이 찾아든다. 가까운 본보기를 들자면 감옥 속에 갇힌 쥘리앵 소렐[31]의 침묵이 그렇다. 그것은 또한 엠마오[32] 순례자들의 침묵이다. 그것은 성신 강림제의 위대한 아침의 침묵이다. 그 침묵을 완전히 표현할 줄 알았던 사람은 렘브란트뿐이라고 나는 생각한다. 그 순간의 일 초 뒤에는 삶이 또다시 계속되리라는 것을 느낄 수 있다. 그러나 지금은 삶이 그것을 무한히 초월하는 그 무엇인가에 매인 채 정지하고 있다. 무엇에? 나는 모른다. 그 침묵 속에는 무엇인가가 가득 차 있다. 그 침묵은 소리나 감동의 부재가 아니다.

31 스탕달의 소설 『적과 흑』의 주인공.
32 그리스도가 부활한 다음 처음으로 제자 앞에 나타났다는 예루살렘 서북 지역.

　　나폴리에 살고 있을 때 나는 아침마다 만(灣)을 굽어보
는 플로리디아나 장원(莊園)33을 찾아가서 시계가 정오를
칠 때까지 담배를 피우면서 이리저리 거닐곤 했다. 그 한
가로운 무위의 시간들은 파리에서의 열에 들뜬 듯한 시간
들보다 더 내 가슴을 가득하게 해 주었다. 이같이 가슴 깊
이 파고드는 풍경 속에서 이 시대의 모든 사람들이 일하
는 데에만 골몰해 있다는 것은 얼마나 안타까운 일인가?
파리나 런던에서 일을 한다는 것은 그래도 괜찮다. 그러
나 태양과 바다가 영원히 지배하는 곳에서는 어디서나 즐
기고 고통스러워하고 표현하는 일로 만족해야 할 것이다.
만물의 중심에 있는데 이 땅덩어리의 한 끝을 조금 움직여
보아 무엇 하겠는가? 천천히 시계가 정오를 치고 산텔모
요새34의 대포 소리가 울릴 때 어떤 충만감이 — 행복의 감
정이 아니라 실제적이고 총체적인 존재의 감정이 — 마치
존재의 모든 틈은 다 막혔다는 듯이 나와 나를 에워싼 모
든 것을 사로잡는 것이었다. 사방에서 빛과 기쁨의 물결이
쏟아져 와서 이 수반 저 수반으로 떨어지고 마침내는 가없

103

33　나폴리 보메로 구역에 있는 신고전주의풍 빌라와 정원으로 1817~
　　1819년에 조성되었고 지금은 국립 나폴리 도자기 박물관이다.
34　나폴리 앞바다에 위치한 몰타섬 끝의 요새로 1552년에 축조되었다.

는 바닷속에 가득히 고여서 멈추었다. 그 순간(단 하나의 순간) 나는 오직 내 발과 땅, 내 눈과 빛의 결합을 통해서 나를 받아들였다. 같은 순간, 지중해의 모든 기슭에서, 팔레르모, 라벨로, 라구사, 아말피, 알제, 알렉산드리아, 파트라스, 이스탄불, 스미르나, 바르셀로나의 모든 테라스 꼭대기에서 수많은 사람들이 나처럼 숨을 멈추고 말하고 있었다. '그렇다.'라고. 감각의 세계가 한갓 외관의 얇은 천에 지나지 않고 밤이면 우리가 찢어발기고 고통스러운 나머지 걷어 내려고 애쓰나 마음대로 되지 않는 변화무쌍한 악몽의 베일에 지나지 않는다 할지라도, 세상의 어떤 사람들은 누구보다 먼저 그 때문에 괴로움을 당할 것인데도 그 베일을 다시 만들고 그 외관을 다시 건설하며 범우주적인 삶을 다시 도약시키려 한다는 생각을 나는 하고 있었다. 그 같은 매일매일의 충동이 없다면 범우주적 삶은 들판 가운데서 사라져 버리는 샘물처럼 어디쯤에선가 말라 버리고 말 것이다. 사람들이 내게 말한다. 내가 나 자신에게 말한다. 쌓아 가야 할 경력이니 창조해야 할 작품을 말한다.

요컨대 어떤 목적을, 하나의 목적을 가지라고. 그러나 이런 단계는 내 속에 가장 깊이 잠겨 있는 것에 이르지 못한다. 목적이라면 나도 어떤 순간들에 그것을 달성해 보았다. 그리고 또 (늘 헛된 것이게 마련인 희망이지만) 목적을 달성할 수 있으리라는 생각이 든다. 나의 목적은 시간에 좌우되지 않는다.

그러나 나는 오로지 가장 미천한 조건 속에서, 그리고 순전히 은총의 결과로 목적을 달성할 수 있었을 뿐이다. 이리하여 어느 날 어떤 친구와 더불어 노르망디식과 비잔틴식 궁전들로부터 지중해를 굽어보고 있는 라벨로[35]까지 걸어 올라갔을 때 나는 전혀 예기치 않았던 충만감을 맛보았다. 침브로네 테라스의 포석들 위에 가만히 엎드려서 나는 대리석 위에 춤추는 빛을 내 속으로 스며들게 하고 있었다. 나의 정신은 그 투명함과 그 저항의 유희 속으로 가뭇없이 빠져들더니 이윽고 고스란히 회복되었다. 나는 모든 지성을 혼미하게 만드는 바로 그 장관에 내가 참여하고 있다는 느낌을 받았다. 어떤 탄생을, 나 자신의 탄생을 목격하는

105

---

35 이탈리아 남부 살레르노 지방의 해발 350미터 높이에 위치한 마을로, 특히 침브로네 장원의 전망대는 층층이 쌓인 과원들 저 발 아래 살레르노만을 내려다볼 수 있는 파노라마로 유명하다.

느낌이었다. 어떤 다른 존재가 태어나는 것일까, 구태여 다른 존재라 할 까닭이 무엇인가? 나는 그때서야 비로소 '존재하기' 시작하는 것 같았다.

　나는 획득했다고 그날 나는 몇 번이나 되뇌었다.(1924년 성탄절이었다.) 나는 획득했다. 모든 사람들이 다 잃고, 또 헛되이 다시 만회하려고 애를 쓴다. 그런데 나는 내가 알고 있는 그 시간에, 내가 꼬집어 말할 수 있는 그 장소에서, 획득할 수 있는 모든 것을 단숨에 획득했다. 내 생각을 제대로 이해시키고 있는 것인지 모르겠다. 그러나 나는 모든 것을 아무런 자격도 없으면서 단숨에 획득했다는 것을 확신한다. 자격을 갖추면 우리는 온갖 것들을 얻게 된다. 그러나 단 한순간에 참으로 할 수 있다는 것은……?

　내가 여기에 쓰고 있는 것은 지극히 부도덕한 것이라는 느낌이 든다. 사람들은 복권 제도를 한결같이 비난한다. 우연을 싫어하고, 미래를 설계한다.

　이제 내가 말한 그런 순간들을 경험하고 나서도 또 살 수 있을까? 사는 것이 아니라 또 하나의 새로운 예기치 않

은 순간을 기다리면서 그저 살아남아 있는 것뿐이다. 그러
나 아무려면 어떠하랴? 내게는 이미 '획득하는' 일이 일어
났으니 말이다. 그 말의 힘을 당신은 제대로 느낄 수 있겠
는가? 제로에서 무한으로 옮겨 간다는 말이다. 그러니 이
제 더 이상 무엇을 말하겠는가? 그렇지만 그다음에는 무
(無)로 다시 떨어진다고 말하고 싶을 것이다. 아마 그럴지
도 모른다. 그러나 아주 가느다란 실 같은 빛이 남아 잠 속
에까지 따라오고 이렇게 귀에 대고 속삭인다. 전에 어느
날…… 그럴진대 나 자신보다 더 내면적인 그 존재의 깊
숙한 곳으로 천 분의 일 초 동안에 내가 또다시 달려 들어
가지 말라는 법이야 있겠는가?

바다 위에 떠가는 꽃들아, 가장 예기치 않은 순간에 보
이는 꽃들아, 해초(海草)들아, 시체들아, 잠든 갈매기들아,
배의 이물에 갈라지는 그대들아, 아, 내 행운의 섬들아! 아
침의 예기치 않은 놀라움들아, 저녁의 희망들아 ── 나는 또
그대들을 이따금씩 다시 보게 되려는가? 오직 그대들만이
나를 나 자신으로부터 해방시켜 준다. 그대들 속에서만 나

107

는 나 자신의 모습을 알아볼 수 있다. 티 없는 거울아, 빛
없는 하늘아, 대상 없는 사랑아…….

섬

이스터섬 ³⁶

정육점 주인은 성난 얼굴로 말했다.

"그 작자들 꼴 좀 봤으면 좋겠어요. 그 돼지 같은 작자들이 새벽 2시와 3시 사이에 더러운 잠자리에서 몸부림치는 꼴을 말이에요. 창자 위에 손을 얹고 아이고! 간이야! 아이고! 비장이야! 아이고! 위장이야! 아이고! 배야! 하는 꼴을요. 그자들도 그 시간쯤에는 의젓하지 못해요, 선생님. 낮에는 자기들 딴에는 아주 체질이 '단단한' 양 뻐기지만…… 똥구멍을 공중으로 쳐들고 몸부림칠 때의 꼴이란! 거 왜 다이너마이트를 터뜨려 가지고 물고기 잡는 거 아시죠? 그러면 물고기들은 떼 지어 물 위에 뜨지요. 가장 힘 좋은 놈들도 눈을 까뒤집죠. 아! 그 작자들 꼴 좀 봤으면 좋겠어요!"

정육점 주인이 자기가 정신적 피해자라고 생각하고 있다는 것을 알고 있는지라 나는 아무 대꾸도 하지 않았다.

그러나 그는 계속했다.

"그러니까 바로 내가, 아시겠어요, 선생님, 내가 지금, 선생님은 정말 그렇게 생각하세요? 요컨대 선생님은 내 병

섬

36 남태평양 동북부에 있는 칠레의 섬으로 칠레 본토에서 3500킬로미터 거리에 있다. 1722년 네덜란드 제독 야코프 로헤베인이 처음으로 이 섬에 상륙한 날이 부활절이었다고 하여 이스터섬(Ile de Pâques)으로 명명되었으나 원주민들은 '라파누이(큰 땅)'라 부른다. 특히 800여 개의 거대한 석상 유적(모아이)으로 유명하여 유네스코 세계 문화유산으로 지정되었다.

이 심각한 거라고 생각하세요?"

우리는 밤에 강가를 거닐고 있었다. 별들이 한가하게 빛나고 있었다. 나는 정육점 주인을 감히 정면으로 바라볼 수가 없었다. 그 순간 문득 스치는 생각에 나는 깜짝 놀랐다. 벌써부터 병과 광기에 사로잡힌 이 사내를 내가 감히 똑바로 바라볼 생각을 못 하다니, 그럼 내가 그의 죽음과 광기에 대하여 책임이 있는 게 아닌가. 그렇지만 그 사내가 나를 난처하게 하는 것은 아니었다.

여러 해가 지난 뒤 아직도 그의 어조가 귀에 들리는 듯하다. 간이 나빠져서 노랗게 된 그의 얼굴이 눈에 선하다. 연필이나 바지 단추를 잃어버린다는 것은 건강한 사람에게는 중요한 일이지만 그의 눈엔 그런 일 따위는 아무래도 상관없는 것이 되어 버렸다. 밤중에, 그가 말하던 그런 시각에 잠이 깨면 어떤 극중 인물이 극 전체를 요약하듯이 "눈물이, 눈물이" 하고 그칠 줄 모르고 되풀이하는 소리가 내 귀에 들리는 것 같다.

그때 나는 화를 내며 거부했고 인정하지 않으려고 했

111

다. 지금도 인정하지는 않는다. 그러나 제발 공범이 되지는 않았으면 좋겠다. 다시 말해서 나는 이제 곧 죽게 될 사람들을 정면으로 똑바로 볼 수 있게 되고 싶다. 왜냐하면 나 역시 그렇게 될 사람들 중 하나이니까. 그러나 우리는 모두가 다 동시에 죽는 것은 아닐 터이니 항상 이득을 보는 사람들이 있게 마련이다.

"도살장에서는 양들을 연달아 잡지요." 하고 그는 말하곤 했다. ──"그런데 '저들은' 나를 혼자 죽게 만들어요."

"내가 왜 병에 걸렸는지 잘 알고 있어요." 하고 또 그는 말했다. "친구들하고 저녁때 카페에 앉아 있는 것을 너무 좋아했어요. 간이 상한 거야. 남들이 한결같이 하는 말이 바로 그거예요. 다른 패들하고 항상 어울렸더라면 별일 없었을 거예요. 왜냐하면 마시는 것보다는 얘기하는 걸 좋아하는 패들이니까요. 그렇지만 문제가 또 있어요. 아침에 혼자 카페에 가는 게 여간 좋지 않았던 거예요. 아무도 없는

시간에 들어가서 카운터 앞에 선 채 아페리티프를 한 잔씩
하곤 했지요. 그때 기분이야말로 말로 다 표현하기 어렵죠.
나는 자유롭다, 나는 다른 사람들처럼 기계가 아니다,라는
기분, 그런 거지요. 점잖은 훈계 말씀일랑 하지 마세요. 영
화관에 갈 때는 무슨 북극 지방에 대한 기록 영화를 보러
가는 건 아니니까요."

　"건강에 해로웠던 것이 또 있어요. 아마 그것이 다른
것보다 더 나빴을 거예요. 갑자기 다른 사람들이 나를 어떻
게 생각하는지에 신경이 예민해진 거예요."

　"그래요, 젊을 때는 제삼자가 하는 말 따위에는 콧방귀
도 안 뀌던 내가 소심해진 거지요. 여전히 내 고집대로 하
기는 했지만 누군가 나를 나무라는 듯한 표정만 지어도 속
으로는 전전긍긍이었어요. 누가 내게 대놓고 덤빈다면야
오히려 신이 났을 테지요. 나는 모조리 다 깨부술 수 있었
을 테니 기분이 풀렸을 거예요. 그러나 사람들은 말로는 나
하고 같은 생각인 척해 놓고는 뒤에 가서…… 내가 왜 변했
느냐고요? 나도 모르겠어요. 아마 나는 본래부터 그랬는지

도 모르지요. 기분대로 살고 무정부주의자라고 자처하시는 분이니 당신은 나를 비웃겠지요. 혼자 사는 것을 좋아하신 다는 분이니까요. 그렇지만 당신은 젊어요. 그렇게 주장하 는 것은 바로 당신도 자신의 약점을 느끼기 때문이란 걸 모 르시나요. 나이를 먹을 만큼 먹은 나한테 서투른 얘긴 하지 마시라고요. 당신도 식민지에 가서 십 년씩 살 수는 없을 거예요. 단 석 달도 혼자서는 못 살 겁니다. 당신도 사람들 하고 어울리는 걸 좋아하고 남들과 교제하고 싶어 하고 재 미있게 놀고 싶어 해요. 다만 당신은 신경이 예민한 분이라 다른 사람들 때문에 기분이 상하고 싶지 않아 속으로 웅크 리기만 하는 거예요. 나도 당신 같았어요. 그 때문에 나는 죽게 된 거예요. 나는 나만을 위해서 사는 줄 알았는데 사 실은 남들을 위해서 살고 있었던 거예요."

"당신은 정말 내가 떳떳하지 못한 위인이라고 생각하 세요?"

"별말씀을 다 하시는군요." 하고 나는 그에게 대답했다.

그러나 어떻게 할 방법이 없었다. 그는 십 년 전 어떤 경매 낙찰 사건에 연루된 뒤로 떳떳하지 못하게 되었다고 속으로 굳게 믿고 있었다. 그 당장에는 그 사건에 그다지 신경을 쓰지 않았다. 경쟁자들이 공격을 해도 그냥 어깨만 으쓱하고 무시해 버렸다. 그런데 십 년이 지나 모든 사람들이 그 사건을 다 잊은 지금에 와서 자기 혼자 속을 끓이고 있었다. 다 끝난 사건 이야기를 골백번이고 되풀이하는 그를 보면 나는 딱해서 가슴이 답답했다. 같은 말을 자꾸 반복하는구나 하고 생각했다. 그때 나는 너무 젊어서 사람이 육체적으로 아주 약해지면 마음도 따라서 약해져서 별것 아닌 아픈 기억만으로 자살에 이를 수도 있다는 것을 이해하지 못했다. 그렇지만 그걸 내가 어찌 알 수 있었겠는가?

내가 그의 집을 찾아가 문을 두드리면 — 나는 자주 그를 찾아갔다. 동정이었을까? 그렇다고 생각한다. 그러나 심심하기 때문이기도 했고 남의 불행에 대한 관심 때문이기도 했다. — 그의 아내가 나와서 문을 열어 주었다. 정직한 여자였다. 그는 남편이 처음 일을 배우기 시작했던 정육점의 한 고용원의 누이동생이었다. 그들의 인연은 이렇게

115

단순한 것이었다. 물론 그들은 미리부터 서로 부부가 될 운명을 타고난 것은 아니었다. 그러나 애초 그런 운명을 타고난 부부가 어디 있겠는가? 그의 아내는 남편 얘기를 친구 얘기처럼 했다. 남편에 대한 아내의 그 같은 감정은 그 당시 나에게는 이상하게 보였다. 그들에게는 아들이 하나 있었던 것 같으나 그 이야기는 통 꺼내는 법이 없었다. 단 한 번 정육점 주인이 암시적으로 내비친 적이 있었다. 그는 이제 곧 결혼을 하게 될 어떤 조카에 대해서 말했다. "아내를 얻고 애들을 낳겠지요." 하고 말한 그는 이렇게 덧붙였다. "그리고 삼십 년쯤 지나고 아내도 아이들도 가져 본 적이 없는 거나 마찬가지가 되겠지요." 그는 아내에게 매우 다정하게 대했다.

안개가 자욱하던 어느 날 저녁, 그는 자기 집 정원 깊숙한 곳에 앉아 있었는데 내가 다가가도 알아차리지 못한 것 같았다. 그는 소매 없는 외투로 몸을 감싸고 버드나무 의자에 반쯤 누워 있었다. 어둠이 내리고 있었다. 피곤한 표정의 그의 얼굴은 내 눈에 보이지 않는 어떤 한 지점을 뚫어져라 바라보고 있었다. 아래층 창문께에는 희미한 등불이 켜져 있었다. 나는 한동안 아무 말 없이 발걸음을 멈추고 섰다. 그러고는 아무런 기척도 없이 되돌아 나왔다.

우리는 함께 산책을 하고 있었다. 일생 동안 필경 풍경 따위에는 전혀 관심이 없었을 그 정육점 주인이 무엇이건 눈에 띄는 것만 있으면 그 앞에서 오랫동안 발걸음을 멈추곤 했다. 그는 인간들이 그에게 허락해 주지 않았던 의지할 데를 사물들에게서 구하고 있는 것이었다. 때때로, 그 투박한 사내의 눈길 아래에서 대지가 고동치는 소리가 들리곤 했다. 아침이면 대지는 아직 이슬에 젖어 촉촉했고 저녁에는 옅은 안개가 그에게 요람을 만들어 주었다. 그 늙은 친구와 함께 산책을 할 때 나는 단 한 번도 대지가 헐벗고 초라한 모습을 하고 있는 것을 본 적이 없었다. 그러나 그에게는 언젠가 그 대지를 떠나야 한다는 회한이 그 때문에 더욱 쓰라리게 느껴지는 것은 아닌지 모르겠다.

117

한 달 뒤 정육점 주인은 자리에 몸져눕게 되고 말았다.

그를 찾아가 보니 얼굴은 누렇게 뜨고 눈은 번들거렸으며 목과 두 손은 흐늘흐늘했다. 그제야 그는 온전한 정신을 되찾았다. 나는 그의 머리맡에 앉았다. 다른 얘기를 꺼낼 용기가 나지 않을 때면 누구나 그러하듯 우리는 날씨 이야기를 주고받았다. 그때 방 안 분위기는 얼마나 편안했던가! 옛날식으로 꾸민 그 방 창문은 남쪽으로 나 있었다. 때는 가을이었다. 해가 은은하게 비치면서도 따뜻했다. 떨어진 나뭇잎과 시든 풀잎 냄새가 우리에게까지 흐릿하게 풍겨 왔다. 그때 나는 아직 현실적인 일들을 좋아하지 않는 그런 나이였다. 들판을 지나는 사람들의 발소리는 낙엽 때문에 거의 들리지 않을 만큼 나지막했다. 청량한 공기가 이마와 손을 감싸면서 또렷하게 느껴졌다. 무엇보다 해맑게 씻긴 푸른색 하늘은 아무리 바라봐도 싫증이 나지 않았다. 그 푸른 하늘은 짙으면서도 마치 투명한 꽃잎 같아서 유년 시절을 벗어나면서 처음으로 느끼게 되는 감정들처럼 마음을 흔들었다.

　　돌연 하찮은 이야기를 주고받는 가운데 내가 어떤 몽

상에 빠져 있었는데 정육점 주인이 내 손 위에 자신의 손을 얹고는 오랫동안 가만히 그러고 있었다. 나는 가슴이 빠르게 뛰기 시작해서 방바닥을 가만히 응시하고만 있었다. 마침내 내가 자리를 뜰 수 있게 되었다기보다는 그 자리에서 헤어날 수 있게 되었을 때 그의 두 눈에 눈물이 가득히 고였다. 그때보다 더 고통스러운 순간을 겪은 일이 없다는 생각이 드는 것을 보면 아마도 나는 별로 고통을 맛본 일이 없는 모양이다.

그가 나에게, '공부를 많이 한' 나에게 어린아이 같은 말로 내세에 대한 질문을 했던 날은 그래도 내 고통이 덜했던 것 같다. 그때의 그는 이미 가장 어려운 고비를 지나 버린 모양인지 죽음과 이야기를 나누면서 자신이 죽은 후의 일에 마음을 쓰고 있었다. 아마 절망 때문인 듯했지만 그는 마침내 질문을 하면서 조건에 대한 흥정을 하는 참이었다. 나는 비겁하게도 몇 가지 희망적인 말로 대답했지만 내 이야기에 그다지 설득되지 않는 눈치였다. 그 자신에게도 그러했겠지만 내게는 그런 질문이 무의미하게 느껴졌다. 내

119

세를 믿는다는 것이 그리도 위안이 된다고들 하지만! 그러나 나는 그 죽음이라는 맹목적이고 숨 막히는 사실을 고집스럽게도 편협한 눈으로 바라보고 있었다. 나는 끊임없이 그쪽으로 관심을 돌리면서 마치 끝없이 헛도는 나사못이나 빙글빙글 도는 복도 속으로 이끌려 드는 것 같은 느낌을 받았다. 나는 긍정을 하는 것도 부정을 하는 것도 아닌 상태로 다만 내 감옥의 드높은 벽들을 따라만 가고 있었다. 정육점 주인이 그것을 눈치챘는지 어떤지는 모르겠다. 공통점이라고는 아무것도 없는 우리 사이에 대화가 가능했던 것은 죽는다는 저 공통된 일상적 공포 때문이었다. 그 이후 그 문제에 대한 나의 생각은 달라질 수 있었지만 본능적이고 설명이 불가능하며 깊이 뿌리박힌 내 감정은 고스란히 변하지 않고 남았다.

　이 끔찍한 공포를 마음속에서 쫓아내기 위하여 그때 나는 전혀 필요가 없다는 것을 뻔히 아는 연구에 뛰어들어 아무 글이나 닥치는 대로 맹렬하게 읽어 대기 시작했다. 박물관과 도서관들이 내 관심을 끌었다. 저 형언할 길 없는 과거의 냄새를 맡고 있노라면 나는 나를 에워싸고 있는 맹목적이고 엄청난 힘들로부터 헤어나는 듯한 느낌이었다. 그것은 앎에 대한 관심이라기보다 무(無)의 섬뜩함이었다. 이리하여 나는 정신적인 생활을 하게 된 셈이지만 그것은 실상은 거꾸로 된 정신적 생활이었다. 저 성벽처럼 쌓인 책들 속에는 얼마나 대단한 매혹이 깃들어 있었던가! 그것은 일체의 위협에 대한 얼마나 굳건한 방벽이었던가! 그러나 도서관 밖을 나설 때면 머리가 아팠고 마음은 더욱 메말라 가는 듯 느껴졌다.

그가 또다시 내게 질문을 하는 일이 없도록 하기 위하여 나는 정육점 주인에게 아무 책이나 한 권 들고 가 몇 구절 읽어 주는 습관을 들였다. 그의 취향은 내 것과 조금도 비슷하지 않았다. 삶과 죽음에 대하여 처절하게 이야기하는 소설가의 작품을 읽어 줘 보았지만 그는 그런 것은 좋아하지 않았다. "제 먹을 것은 충분히 있는 사람이구먼." 하고 그는 말하는 것이었다. 나는 그에게 수에토니우스[37]의 책을 가지고 갔다.(그때 나는 라틴어 시험을 준비하고 있었다.)

121

37 가이우스 트란퀼루스 수에토니우스(Gaius Tranquillus Suetonius, 69?~140?). 로마의 역사가.

티베리우스와 칼리굴라 황제의 생애는 그의 마음을 완전히 사로잡았다. 그의 병세가 호전되고 있다는 증거였다. 수에토니우스의 이야기는 말할 수 없이 끔찍한 내용이었다. 정육점 주인에게 그것은 전혀 '퇴폐적'인 쾌락이 아니라 마치 신(神)이나 어린아이가 살육의 이야기에 재미를 느끼듯이 아주 건강한 인간이 느끼는 매우 인간적이며 자연스러운 즐거움이었다. 제단 위에서 어떤 제물을 죽일 준비가 한창인 것을 본 칼리굴라는 망치를 집어 들고 형리를 때려죽인다. 그는 어느 날 재판정에 나와 있는 피고와 증인, 변호사 들을 모조리 죽이면서 "이자들은 모두가 마찬가지로 죄인들이야!" 하고 소리친다. 환심을 사려고 그에게 유리한 유언장을 쓰면 그는 그 사람을 독살하도록 시키고 나서 그렇게 하지 않으면 유언장이 농담이 되고 말 게 아니겠냐고 말했다. 나는 그 이야기들의 ─ 그중 어떤 것은 매우 아름다웠다. ─ 분위기에 마음이 끌렸을 뿐 그 깊은 의미는 터득하지 못하고 있었다. "그야말로 '모진 사람들'이구먼요. 아! 인생은 아름다워! 당신이 읽어 준 책 덕분에 힘이 나는

122

군요." 하고 정육점 주인은 말했다.

그것은 병세의 일시적 호전에 지나지 않았다.

우리가 삶에 그토록 집착하는 것은 우리의 몸이 마련해 주는 그 예기치 않은 놀라움 때문인지도 모른다. 병이 낫지 않을 거라고 절망하고 있었는데 우리는 문득 자리에서 일어서게 된다. 우리가 잔뜩 믿고 있었는데 돌연 그 믿음이 무너진다. 끝은 항상 똑같지만 거기에 이르는 우여곡절은 러시아 산맥의 비탈들만큼이나 다양하다. 정육점 주인이 이번에는 견딜 수 없도록 몸이 가렵다고 투덜댔다. 계속 목욕을 하는데도 그의 피부는 불덩이처럼 화끈거렸다. 그의 사기는 말이 아니게 주저앉아 버렸다. 나는 나 자신도 모르게 그만, 한 달 전 안개 낀 어느 날 저녁 그가 정원 저쪽 버드나무 의자에 앉아 있는 것을 보았지만 감히 말을 걸 용기가 나질 않아 물러나고 말았다는 이야기를 해서 본의 아니게 그의 의기소침에 부채질을 한 셈이 되었다. "아니 나는 여러 달 전부터 정원에 나간 적은 한 번도 없었다고요." 하고 그는 깜짝 놀랄 정도로 열을 올리며 소리쳤다.

"당신이 나를 봤다니 말도 안 되는 얘기예요. 아니, 지금 가만 생각해 보니, 만약 당신이 나를 보았다면 그건 내가 죽는다는 징조예요. 우리 고향 브르타뉴에서는 그걸 '전조 (前兆)'라고 하거든요." 그러고 나서 그는 지금 나로서는 기억도 나지 않는 온갖 섬뜩한 전조의 예를 들어 보이기 시작했다.

나는 그의 관심을 딴 데로 돌려 볼까 싶어서 서가에 굴러다니는 낡은 여행기 한 권을 집어 들었다. 그것은 쿡 선장이 쓴 여러 여행기들 중 짝이 맞지 않는 어느 한 권이었는데 태평양에 흩어진 수많은 섬들의 발견과 답사에 관한 내용이 실려 있었다.[38]

나는 이스터섬을 묘사하는 대목을 읽고 있었다. 그 섬은 해골과 뼈들이 널려 있는 광대한 관(棺)과 다를 바 없다. 그 섬이 기막힌 것은 그곳에서 발견할 수 있는 500개나 되는 거대한 석상들 때문이다. 그 어느 멸종된 종족이 무엇을 위하여 그것들을 만들어 세웠는지는 아무도 모른다. 엄청난 우상들이 섬 가장자리의 가물가물한 높이에 세워져 있

38 섬들을 생각할 때면 왜 숨이 막히는 듯한 느낌이 일어나는 것일까? 난바다의 시원한 공기며 사방의 수평선으로 자유롭게 터진 바다를 섬 말고 어디서 만날 수 있으며 육체적 황홀을 경험하고 살 수 있는 곳이 섬 말고 또 어디에 있겠는가? 그러나 우리는 섬에 가면 '격리된다(isolé).'—섬(île)의 어원 자체가 그렇지 않은가? 섬, 혹은 '혼자뿐인' 인간. 섬들, 혹은 '혼자씩일 뿐인' 인간들.(원주)

어서 여행자들을 그토록 놀라게 했다는 이야기를 나는 지금까지 한 번도 들어 본 적이 없다. 정육점 주인이 돌연 정신이 나간 듯 외치기 시작했다.

"그것들이 눈에 보여요, 그것들이 눈에 보여요." 하고 그는 침대에서 벌떡 일어나 소리쳤고 그의 얼굴은 공포에 질려 있었다. 마치 그가 어떤 우물의 번들거리는 벽을 따라 미끄러져 내려가고 있고 그 우물 위로는 오직 그 야만의 우상들만이 솟아오르는 것만 같았다. "그들이 눈에 보여요." 하고 소리치며 그는 연거푸 딸꾹질을 해 댔다.

나는 지금, 아직은 희미한 의식이 남아 있을 때의 정육점 주인 이야기를 하고 있다. 그러나 그는 곧 의식을 잃었고 그다음 일은 그 어느 누구와도 상관없는 일이다.

125

상상의 인도

　중요한 것은 '있는' 그대로의 인도를 유럽인의 눈으로 보느냐 혹은 인도인의 눈으로 보느냐가 아니다. ── 도대체 그것은 터무니없는 야심이다. 인도는 코르네유39와 바레스가 스페인을 보았던 것과 같은 눈으로 보아야 한다. 인도를 어떤 '상상의 나라'로 간주할 때 비로소 그 실체와 가장 가까워질 수 있다. 이 글 속에서 우리가 고려해 보려는 것도 다름 아닌 바로 그것이다.

　물론 지식을 넓히고, 적어도 그리스나 로마의 인간형과는 다른 어떤 인간형이 존재한다는 사실을 아는 것은 필요한 일이다. 너무나 오랫동안 숱한 사람들이 건성으로 읽고 넘긴 고대사는 이제는 한갓 판박이 그림밖에 아무것도 아닌 것이 되고 말았다. 새로운 자양(다시 말해 더 오래된 자양)이 필요하다. 산스크리트어와 팔리어40를 가르치기도 하고 번역도 하고 주석도 달아야 한다. 그런 모든 것이 다 필요하다. 그러나 그로 인하여, 미술 분야에서 니그로 미술41과 콜럼버스 발견 이전의 미술이 가져온 혁신과 비견할 만한 혁신이 일어나지 못한다면 구태여 그럴 필요가 없

127

39　피에르 코르네유(Pierre Corneille, 1606~1684). 프랑스의 극작가.

40　인도 범어의 속어.

41　서아프리카를 중심으로 한 흑인의 원시 미술.

다. 인도의 사상 역시 전혀 '새로운' 그 무엇을 가져올 만큼
충분히 '오래된' 것이다.

섬

장소도 시간도 아닌

미슐레42, 르낭, 텐43이 계절의 변화나 강우량, 그리고 유전 등을 통하여 프랑스 역사와 예수의 생애와 영국 문학을 설명한 이래, 고비노44가 인종이라는 개념을 창안하고 바레스가 그것을 이용한 이래, 이제는 역사와 지리에 의존하지 않고서는 그 무엇이든 설명하기 어려워져 버렸다. 인도에 대해서도 같은 방법론을 적용해 볼 수 있을 것이다. 하기야 인도의 민족들이나 지방들 간에는 아무런 공통점이 없는 것을 보면 그건 보다 더 큰 오류를 범하는 일이 되겠지만, 그 점에 대해서 간디는 매우 양식 있는(혁명적 양식이지만) 말을 했다.

129

역사학이 모든 지식을 다 포괄하기 시작할 때(그러나 아직은 신앙들의 진화, 동물의 진화 등등 진화라는 말은 쓰지 않을 때였다. 불연속적인 것을 연속적인 것으로 ─ 연속적인 것은 설명을 필요로 하지 않는 것이니까 ─ 바꿈으로써 모든 문제를 다 제거해 버리는 편리한 방법이 진화라는 개념이다.)인 1874년에

---

42 쥘 미슐레(Jules Michelet, 1798~1874). 프랑스의 역사가.

43 이폴리트 아돌프 텐(Hippolyte Adolphe Taine, 1828~1893). 프랑스의 역사가이자 철학자.

44 조제프 아르튀르 드 고비노(Joseph Arthur de Gobineau, 1816~1882). 프랑스의 작가이자 민속학자.

니체는 '삶에 있어서 역사적 연구의 유용성과 난점'에 대한 유명한 에세이를 썼다. 오늘날은 '사상에 있어서 지리적 연구의 유용성과 난점'에 대한 책을 하나 써야 할 적절한 시기가 아닐까 싶다.

단 고팔 무케르지가 자신의 동포인 간디를 찾아갔을 때 그는 간디에게서 이런 말을 들었다.[45] "우리 민족은 기후 때문에 명상을 하게 되었다." 그런데 이 말로 위상학적 결정론을 긍정한 듯한 간디는 즉시 그 성급한 결론을 부정한다.

같은 기후 조건 속에 사는 종족들에게 이 말이 다 같이 적용될 수 있다면 그건 결정론이 될 것이다. 그러나 아프리카 사람들은 우리와 비슷한 기온 조건 속에 살고 있으면서도 명상은 하지 않는 것 같다. 히말라야 꼭대기 눈 덮인 굴속에 앉아 있는 성인들은 신(神)에 대하여 명상을 한다……. 따라서 기후가 영혼을 만든다고 말할 일은 아니다. 영혼이 기후를 이용할 뿐이다…….

45 Dhan Gopal Mukerji(1890~1936), 「내 동생의 얼굴」.(원주) 단 고팔 무케르지는 미국에서 널리 알려진 최초의 인도 작가다. 캘커타 근처 마을에서 브라만 계급 가문에서 출생한 그는 캘커타 대학교, 동경 대학교, 스탠퍼드 대학교, 캘리포니아 대학교(버클리)에서 수학했다. 「내 동생의 얼굴」(1929), 「침묵의 얼굴」(1932) 등 많은 작품들을 남겼다.

지극히 서구적인 교육을 받았고 실증주의적 정신의 소유자인 실벵 레비 같은 사람이 짧고 탁월한 책에서 인도 정신의 전체적 윤곽을 제시하려 했을 때 그가 느낀 당혹과 안타까움이 어떠했을지 충분히 짐작할 수 있다.[46]

인도에는 언어의 단일성도 종족의 단일성도 없고 다만 신앙의 단일성(다르마, 삼사라, 카르만)만이 있을 뿐이다. 인도에는 수도가 없으며 — 바라나시는 '종교적 수도'라고 부를 수야 있겠지만 역사적 수도는 아니다 — 또 이 나라의 터무니없는 역사 연표는 연구하는 사람들을 아연실색하게 한다.

131

우리에게는 그다지도 중요한 위인 숭배 의식이 인도에는 없다.

인도에는 아시시의 프란체스코나 루터에 버금가는 위대한 샹카라(Śaṅkara)[47]가 있었다. 그런데 인도는 그 위인을 어떤 꼴로 만들어 놓았던가? 그저 통속적인 기적과 형

---

46 Sylvain Lévi(1863~1935) *L'Inde et le Monde*.(원주) 프랑스의 인도 연구 석학. 콜레주 드 프랑스 교수를 역임했고 프랑스 극동 연구소 명예 회원을 지냈다. 「인도와 세계」(1926) 등 많은 연구서를 남겼다.

47 8세기, 힌두교의 가장 유명한 영적 지도자들 중 한 사람. 『우파니샤드』, 『브라마 수트라』 등 경전의 주석과 해석을 보여 준 철학자.

식주의 냄새가 짙은 입씨름의 주인공, 너무나도 흐릿하고 특징이 없으며 현실성이 희박한 인물로 간주하여 인도 사람들은 멋대로 그가 기원전 수천 년 무렵에 살았던 사람이라고도 하고, 기원후 첫 10세기 동안의 어떤 시대에 살았던 사람이라고도 한다.

인도는 비범한 한 천재를 낳은 바 있다……. 시인이며 음악가이며 설교가이며 모럴리스트이며 철학자이며 극작가, 이야기꾼이었던 아슈바고샤[48]는 모든 분야에서 창조적이었고 모든 분야에서 뛰어났다. 그의 풍부함과 다양함은 밀턴, 괴테, 칸트, 볼테르를 연상케 한다. 그러나 불과 삼십 년 전만 해도 아슈바고샤는 인도 역사 속에 전혀 언급된 일이 없었다. 아슈바고샤는 서양인들의 현학적 연구에 의하여 발굴된 인물이다.

중요한 발견을 했다는 생각 때문에 학자들이 맛본 만족감을 별문제로 친다면 인도인들의 이 같은 태연무심한 사고방식이 문헌학자에게 상당한 충격이었다는 것은 충분

48 아슈바고샤(Aśvaghoṣa, 100?-160?). 한자식 이름은 마명(馬鳴). 고대 인도의 불교 시인. 초기 대승불교 학자로 산스크리트의 미문체 문학을 창작하여 「불소행찬(佛所行讚)」같은 인도 문학사상 불후의 업적을 남겼다.

히 이해된다. 아니 저런! 이 땅 위에 살고 가면서 지나간 자취를 남기지 않다니! 승리를 거두고도 전적비 하나, 개선문 하나 세우지 않다니! 제도를 창설해 놓고 간판 하나 세우지 않다니! 위인들을 위하여 기념비 하나 세우지 않다니! 이런 면에서 우리는 모두가 많게든 적게든 그 문헌학자와 다를 바 없다. 우리는 이해할 수가 없는 것이다. 우리가 죽음을 생각할 때 우리 자신으로서만 죽을 뿐 다른 사람들에게는 죽지 않는 것으로 생각하기 때문이다. 우리가 매달리는 거점은 사회일 뿐 절대가 아닌 것이다.

힌두교도들이 서구인들에게 대답할 때 그들의 입장은 터무니없는 것이다. 그들은 자기들 종교의 원칙들 위에 꿋꿋이 발 딛고 있지만 그러면서도 여전히 그 원칙들의 적용에 대해서는 비판을 주저하지 않는다. 라즈파트 라이[49]는 종종 난처해 한다. 그의 말에 의하면 카스트 제도는 중세 시대의 유물로 당시 동업 조합들의 분류에나 소용되는, 마땅히 없어져야 할 제도라는 것이다. 힌두교도들이 그들의

---

49 랄라 라즈파트 라이(Lala Lajpat Rai, 1865~1928). 인도의 독립 운동에 중추적 역할을 한 자유 투쟁가.

입장을 철저하게 견지하거나 아니면 완전히 포기하는 편이 우리들에게는 더 편할 것이다. 어떤 문명에 의해 형성된 어떤 정신이 우리의 문제들에 대해 별로 관심을 보이지 않는 것은 이해가 간다. 그 정신에게 중요한 것은 오로지 자기가 몸담고 사는 사회가 그의 명상을 방해하지 않는 것이다. 그러지 못한다면 이제 그런 정신을 정당화하려고 애쓸 필요가 어디 있겠는가?

섬

인도와 그리스

그리스는 무인도처럼 메마르고 팽팽하게 긴장된 곳이다. 도시 국가들 사이, 가문들 사이, 인간들 사이의 투쟁으로 인하여 세상에서도 가장 명확하고 의미 있는 감정들이 생겨났다. ── 인도는 물렁물렁하고 불명확하다. 처녀림처럼 사람을 홀린다. 모든 존재들을 똑같은 애무로 감싸 주고, 식물에서 인간에 이르는 저 점진적인 변화의 단계들로 부지불식간에 이동하게 만들며, 우주 전체의 생명이 매 순간 개개의 존재 속에 거울 속처럼 비치게 만드는 그토록 은근하고 계속적인 멜로디, 인도에 가 본 일이 있는 모든 서구인들 중에서 오직 본젤스50만 들었고 또 표현하여 전할 수 있었던 그 멜로디에 우리는 우선 매혹된다. 그 풍성한 식물과 동물의 소리, 색깔, 향기가 우리에게 전달해 주는 저 전염성의 부드러움 앞에서 그저 압도될 뿐이다. 신전과 동굴의 벽화와 궁전들의 그 찬란함은 정신을 혼미하게 한다. 풍성함과 부드러움의 대양 속에 빠진 듯한 느낌이 든

135

────────────────

50 발데마어 본젤스(Waldemar Bonsels, 1880~1952). 독일의 소설가.

다. 저 말랑말랑한 펼친 손들 말고 좀 굳게 쥔 주먹을 보았으면 싶다. 인도는 그 같은 성년의 발육 상태를 경험한 적이 없다. 인도는 우리들 눈에는 영원한 유년 같은 모습이다. 인간으로서는 어른다운 척도에까지 이르지 못한 것 같다.

그러나 아무러면 어떤가? 우리 서양에는 삼손, 프로메테우스, 미켈란젤로의 노예들, 차라투스트라라면 얼마든지 있다. 반항과 영웅주의가 인간에게 열려 있는 유일한 길은 아니다.

문학은 내면의 투쟁을 겪기도 전에 획득된 것 같은 평온의 인상을 주고, 전혀 영혼의 힘에 의하여 태어난 것 같지 않다. 인도의 두 가지 서사시는 친근한 장면들과 매력적인 특징들로 가득 차 있지만 유럽의 독자가 거기서 자신이 실감하는 비장함을 느끼기는 어렵다. 괴테와 슐레겔이 찬상하여 마지않았던 「샤쿤탈라(Sákountalā)」51도 마찬가지다. 「라마야나(Rāmāyaṇa)」52의 가장 아름다운 일화들 중 하나인 시타의 이야기는 감동적이다. 그러나 그 모든 것도 얼마나 느슨하게 짜여 있는가!

51 힌두 시인 칼리다사가 쓴 극으로 사냥 놀이에서 샤쿤탈라를 만난 두산타 왕의 이야기.
52 고대 인도의 발미키(Vālmīki)가 지은 것으로 전해지는 대서사시.

　헥토르가 안드로마케에게 작별을 고하는 장면은『일리
아스』에서 겨우 두 쪽을 차지하고 있지만 그 속에는 산스
크리트 문학 속 사랑의 장면을 잡치게 만드는 저 김빠진 감
상 따위가 완전히 제거되어 있다.

　마치 인도 문학은, 우리에게 스칸디나비아의 에다 시
대만큼이나 무의미한 신화적 시대, 즉 베다 시대 이후, 마
하바라타와 라마야나로 시작되어 우리 시대까지 연장되며
5세기 이래 숨을 거두어 가고 있는 시대인 알렉산드리아
시대밖에 경험해 보지 못한 것만 같다. 타고르[53]는 오늘날
그 문학의 대표자로 이를테면 장미꽃 향수다.

　무케르지는 말한다. "우리 예술은 본질적으로 상징적
이다. 이것은 예술을 추하게 보이도록 하기 위한 고의적인
노력을 드러내 보인다. 그래서 인도의 어디를 가건 상징에
의하여 모양이 일그러진 아름다움을 만나게 될 것이다. 아
름다움으로 무엇이나 다 되는 것은 아니니까. 아름다움이
란 너무나도 빈약한 음식이어서 그것만 먹고 살 수는 없다.
우리는 아름다움을 발견하면 어디서나 성스러움의 벌겋게

137

53　라빈드라나트 타고르(Rabīndranāth Tagore, 1861~1941). 인도의 시
　　인이자 사상가.

달군 부젓가락으로 낙인을 찍어 그것을 파괴한다……. 예술의 절정은 예술을 무(無)로 환원시키는 일이다."

마찬가지로 "우리의 종교는 도그마가 없다. 그러나 두 가지 목적에 사용되는 하나의 의식 절차가 있다. 그것은 영혼을 단련시키며 상징주의의 수단을 통하여 영혼을 어떤 정신적 경험으로 인도해 준다".

시바 신은 왜 여러 개의 팔을 가지고 있는가? 시바는 인간의 모습도 신(필연적으로 인간의 겉모습을 다소간 본떠서 만들어지게 마련인)의 모습도 아니기 때문이다. 시바는 생성 변화(le Devenir)를 상징하기 때문이다. 그것은 오직 상징의 상태로만 지각 가능한 것이다. 호흡 훈련은 왜 하는가? 영혼이 절대의 품 안으로 소멸하는 훈련을 하기 위해서다. 신앙의 어떠어떠한 조항에 맞추자는 것은 결코 아니다.

어떤 여행자는 내게 이런 말을 했다. "나는 지금까지 여러 나라를 가 보았지만 인도는 아직 가 보지 못했습니다. 나는 인도가 중국보다는 그래도 더 친하기 쉬운 나라일 것이라고 생각했지요. 천만에, 그렇게 낯선 느낌을 주는 곳은 한 번도 본 적이 없어요. 어느 것 하나 내게 익숙한 것이 없었습니다. 악수를 하면 더럽다고 여기고, 자기 몸을 정화하는 데 시간을 다 보내고, 갖가지 괴상한 숭배 의식을 가진 사람들에게서 무슨 접촉점을 찾을 수 있단 말입니까? 다른 어떤 민족에게서도 내가 그보다 더 이방인이라고 느껴 본 적은 없었습니다."

'비인간적.' 이것이야말로 완전히 관심 밖으로 밀려난 상태에 대한 엄청난 표현이다. 비인간적 나라, 인도. 이 나라에서 한 인간은 다른 한 인간만 한 값이 못 된다. 어떤 인간은 짓밟히고 짐승과 같은 상태로 천대받는다. 요령을 배운 다른 사람들은 신처럼 존경받는다. 폭군들은 아무런 통제도 받지 않고 군림한다. 부당 징세는 드문 일이 아니다. 힌두교도들 서로 간의 형편이 바로 이와 같다. 그들이 핍박받아 왔다고 해서 그들의 현재의 인간 됨됨이를 인정하지 않아서는 안 된다. 비인간적 백성, 인간성의 '밖에' 있는 백성.

사회 체제 그 자체, 카스트의 구분, 복잡한 의식들, 사회에 의하여 개인을, 종교에 의하여 인간을 짓누르는 모든 것, 우리들 그리스적이며 기독교적인 문명과는 반대되는 모든 것, 우리에게, 나에게 혐오감을 일으키며, 나도 어쩌면 인도 사람으로 태어났을 수도 있다는 생각을 하면 소름이 끼치는 그 모든 것도 그것이 정신으로 하여금 그의 가장 귀중한 (이 경우에는 구속인) 인연들로부터 해방되고 정신이 이성의 밖으로 도약하는 데 반드시 필요한 하나의 '장치'라고 생각하면 마음속에 열광적인 공감이 솟아오른다.

이그나티우스 로욜라[54]의 '정신적 훈련'이라는 것도 요가 수행자의 단련에 비긴다면 무엇이겠는가? 샤르트르의 수도자들이 카스트 제도를 경험했는가? 이토록 형식주의적인 종교, 이토록 폐쇄적이며 모진 사회, 이것이 바로 유럽 사람들의 눈에 비친 인도의 이면이다. 그것 때문에 인도는 그토록 반감을 자아내고 그토록 '낯설어' 보이는 것이다. 그러나 표면은? 니체는 말한다. "쇠사슬을 차고 춤을 추도다." 이토록 강력한 구속은 동시에 그에 버금가는 해방

54 Ignatius Loyola(1491~1556). 예수회의 창립자.

을 낳는다는 것이 바로 그 구속의 의미가 아니겠는가?

　파스칼은 오직 아브라함과 이삭과 야곱의 신만을 알고 찬미하고자 했을 뿐 '철학자들의 신'은 알려 하지 않는다. 그 철학자들의 신을 극한까지 밀고 나가 보라, 그러면 인도의 신을 얻게 될 것이다. 가장 비개성적인 사상은 그 신에게는 이미 하나의 '현현(manifestation)'이다. 그 자체 안에서는 이것이 저것보다 더하고 덜하지 않으니 순수하고 불확정적이다. "이 무한한 공간들의 침묵이 나는 두렵다."라고 파스칼이 말할 때 그는 그 신을 생각하고 있었던 것이다. 인간과 그 '절대 존재' 사이에 있는 것은 과연 공간들이니……．

141

　『고르기아스(Gorgias)』에서 소크라테스는 페리클레스의 정치를 비판했다. 무엇 때문이었던가? 페리클레스는 도시에 항구와 선단(船團)과 성벽과 병기창을 만들어 주었다. 소크라테스는 이렇게 반문한다. 페리클레스의 정치로 인하여 시민들이 더 나아졌는가? 아니다, 하고 고르기아스는 인정한다. 그래서 소크라테스는 국가 원수가 아테네를 아름답고 부유하게 만든 것을 인정하면서도 페리클레스의 정치를 비판했다. 내면적인 부를 희생하고 재화와 아름다움을 얻어서 무엇 하겠는가?

인도 사람들은 소크라테스보다 한술 더 뜬다. 소크라테스는 윤리에 관심이 있었다. 그런데 인도 사람들은 서구 사람들이라면 '꿈'이라고 이름 붙였을 것들 외에는 관심이 없다. 이 세상 것들은 애써 물리치며 야망이니 개혁이니 하는 따위의 문제라면 입 밖에 꺼내기도 싫어한다. 브라만은 "정치 같은 건 단 한 시간의 노력의 가치도 없다."라고 기꺼이 말할 것이다. 그가 보기에는 정치란 저급한 직업조차 아니다. 그것은 아예 나쁜 일거리다. 왜냐하면 정치는 인간의 유일한 목표인 정신적 문화로부터 딴 데 정신을 팔게 만드는 것이기 때문이다. 그들 중 어떤 사람은 여행자에게 이렇게 말한다. "우리를 통치하는 사람들이 우리들 자신이건 영국인들 또는 다른 사람이건 그게 뭐 중요한가? 그저 우리를 통치해 주기만 하면 될 것 아닌가? 누군가가 집안 살림을 맡기는 맡아야 할 것이다. 그런데 누군가 그 일을 맡겠다니 우리는 그저 쉬기만 하면 된다." 사실 인도는 서로 다른 여러 민족들에게 번갈아 가면서 정복당했다. 그런데 그 지배 민족들은 어느 정도 시간이 경과하고 나면 브라만 문명에 흡수되고 말았다. 어쨌든 인도는 그 어떤 애국도 부르짖어 본 일이 없었고 그 어떤 정복도 꿈꿔 본 일이 없다.

휴머니즘은 그리스 문명의 산물이라고 실뱅 레비는 지적한다. 도시 국가와 카스트 제도 사이에는 아무런 공통된 척도가 없다. 도시 국가는 보편적, 인간적 의지의 표현인 법에 의해 관리된다. 카스트 제도는 위에서 내려온 종교적 법, 그리고 카스트에 따라 무한히 달라지는 법에 의해 관리된다. 그리스 사람은 인간을 그의 한계 내에서 신격화하고 그렇게 함으로써 절대와의 접촉을 잃지 않는다. 오늘날의 유럽 사람은 거기서 한 걸음 더 나아가 인간이 다른 모든 인간들과 공통으로 지닌 것 안에서 인간을 신격화함으로써

143

인간주의에서 인도주의로 옮겨 간다. 그러나 자신의 카스트 속에 폐쇄되어 있고 자기 존재의 확장이 아니라 심화를 통해서만 타(他)에 도달하고자 하는 인도 사람에게는 그 양자가 상호 이해가 가능할 수 없는 것으로 보인다. 인도의 변별적 표시는 바로 이것이다. 인도는 비록 정복을 당할지라도 일체의 영향으로부터 항상 벗어났다. 인도는 오직 한 가지뿐인 야심을 가지고 있다. 그것은 자신을 세계로부터 소외시킨다는 야심이다. 저 자신의 꿈속에 빨려들어 간 채(서구인이 보기에는 지각없고 소득 없는 짓이다.) 인도는 기껏해야 바람에 쏠리는 파리 새끼들의 날갯짓 정도로밖에 보이지 않는 인간적 삶 따위는 우습게 여기며 요지부동이다.

144

　　알렉산드로스 대왕의 그리스 군대가 인도에 가까이 갔을 때 그들이 얼마나 놀랐을지 상상이 간다. 그 어느 것도 그들 나름의 척도로 이해할 만한 것이 없었다. 그들은 기막힌 재주로 자기들의 척도를 인간의 척도로 삼을 줄 알았던 사람들이므로 차라리 이렇게 말해 보자. 즉 오늘날 뉴욕에

도착하는 유럽 사람의 눈에 보이는 것이 그러하듯 그 어느
것 하나도 인간적 척도로 이해할 만한 것은 없었다고 말이
다. 그 군대 중에 피룽이란 이름을 가진 사람이 있었다. 그
는 나체 고행자들이 그의 눈에 어처구니없게만 보이는 수
련을 하고 있는 광경을 목격하자 그만 충격을 받은 나머지
자기 정신 상태를 의심하기에 이르렀다. 그런데 그의 고행
도 역시 거기서 오는 것이 아닌가? 인도로부터 불어온 어
떤 바람이 디오게네스에서 플로티노스에 이르는 그리스 사
상을 '도(度)를 넘어' 팽창시킨다. 그리스와 인도 혼합의 탁
발승 아폴로니오스[55]의 생애는 얼마나 매혹적인가! 그러나
그토록 명확한 두 가지 대립 항을 화해시키려는 것보다 더
어려운 것은 참으로 없을 터다. 불교는 박트리아(Bactria)[56]
에서 그것을 시도해 보았다. 그리스와 불교 혼합의 예술은
매력적이며 그리스 왕국의 왕 메난드로스 1세가 자신을 개
종시키고자 하는 어떤 불승(『밀린다팡하(Milinda Pañha)』)[57]
에게 건네는 질문들은 지극히 정신적인 작품이지만 이들의
결합은 사생아 같은 결과밖에 낳지 못했다. 그로 인해 그리

145

---

55 Apollonios(기원전 295?~기원전 225?). 그리스의 서사 시인.

56 오늘날의 아프가니스탄, 타지키스탄, 우즈베키스탄 사이에, 그리
    고 힌두쿠시산맥과 아무다리야강 사이에 걸쳐 있는 지역으로, 특
    히 기원전 3~2세기 그리스-박트리아 왕국 시대, 인도-그리스 왕
    국 시대에 행정 수도 및 권력의 중심이었던 박트레스시를 중심으
    로 건설된 국가.

스 정신은 그 날카로움이 무뎌지고 인도 정신은 그 음악을
잃는다.

섬

57 인도의 불승인 나가세나를 말하며, 『밀린다팡하』는 국내에는 『밀
린다왕문경』으로 번역되어 있다.

계시

플로티노스는 두 가지의 죽음을 구분한다. 그 하나는 자연적인 죽음이요, 다른 하나는 자연적인 죽음에 앞서 올 수 있는 철학적 죽음이다. 철학적 죽음은 힌두교도의 목표다. 그러므로 업적을 이룩한다는 것은 별로 중요하지 않다. 왜냐하면 오직 정신의 방향만이 중요하기 때문이다. 현실과의 관계는 끊어졌고 또 다른 세계와의 사이에 새로운 다리가 놓인 것이다. 소위 세계라고 이름하는 것에 대한 점진적인 혐오를 상상해 보라. 그리고 삶과 죽음이라는 저 영원한 쌍(雙)의 소멸을, 그리하여 마침내 얻게 되는 계시를 상상해 보라.

갑작스럽게 정신이 휘청거리면서 그가 '그것(Cela)'을 보게 될 때의 감동이란 얼마나 대단할까? 이것도 아니요, 그렇다고 저 다른 것도 아닌 그것. 그 자신도 아니요, 그렇다고 다른 누구도 아닌 그것. 서로 구별할 수 있는 존재들이 아닌 그것. 그가 부러워하는 대상도 아니요, 혐오하는

147

대상도 아니다. 욕망의 대상도 증오의 대상도 아니지만 감지할 수 있는 대상. 마음에서 가까운 그 무엇도 아니고 수를 셀 수 있는 그 무엇도 아니다. '그것.' 그는 뒤로 돌아서도 동시에 '그것을' 본다. 그는 돌연히 그리고 마치 속마음을 털어놓듯 밤낮으로 '그것'과 함께 있다는 것을 느낀다. 태어나고 사멸하는 모든 것의 곁에서 그것이 지켜보고 있다는 것을 느낀다. 그러나 도대체 그것은 어떤 모습을 가진 것일까? 그는 나에게 무어라고 말하는 것일까? 사물도 사람도 아니다. 그렇다면 그대는 아무것도 그 누구도 아니다. 아니다. 그대는 '그것'이다. 항구적이지 않은 것을 통해서 항구적이며 부재 속에 존재하며 공(空) 속에 산재한다. 이해할 필요도 없이 나는 그것을 만져 보기만 하면 된다. 비록 내가 그것에서 헤어난다 한들 그것을 잊어버릴 수 있겠는가? 아니 과연 이제 내가 그것에서 헤어날 수 있기나 한가? 내게는 그것이 아쉽지만 그것은 나를 아쉬워하지 않는다. 세계는 저절로 주어지는 구경거리이며 나는 그 구경거리의 장면들이 현실이며 그 배우들이 현실임을 믿는다. 세

148

계는 오직 내가 깨어 있는 순간에만 자기가 부재함을 말한
다. 어깨에 기대어 오는 머리처럼 존재의 가벼운 움직임,
그러면 어느새 세계는 홀연히 사라지고 그는 세계의 표현
매체로 보인다. 그러나 나는 보다 직접적으로 그것과 하나
가 될 수는 없을까? 내가 나의 가장 깊숙한 것 쪽으로 기
울어지면 나는 존재하기를 그치며 나는 더 이상 내가 아니
다. ─ 그리고 남도 아니다. 나는 '그것'이다. 나의 가장 은
밀한 사고와 나의 욕망들은 그것들을 불러일으키는 그이에
비한다면 한갓 환영들에 지나지 않는다. 내가 잠들면 나는
'그것'에 가까워지고 내가 죽으면 나는 그것과 하나가 되려
한다. 나는 돌이 우물 속 깊이 떨어지듯 그의 속으로 떨어
진다.

149

　어느 힌두교도의 말: "중요한 것은 우주를 한 바퀴 도
는 것이 아니라 우주의 중심을 한 바퀴 도는 것이다."─
"어떤 꿈에 대한 이야기를 쓸 수는 없다. 그저 꿈에서 깨어
날 뿐이다."[58]

58　Dhan Gopal Mukerji, *Brahmane et Paria*, 1923.(원주) 단 고팔 무케
　르지의 자서전으로 그는 여기서 자신이 브라만 계급으로 편입되
　는 과정과 고행자의 생활을 이야기한다.

우리가 보기에 인도의 혼이라고 여겨지는 것은(우리에게 인도라는 말은 물론 하나의 상징이지만) 통일에 대한 그의 찬미요, 인간에 대한 그의 무심이다.

정신 의학자들이 본 인도

나이가 어린 사람들에게서 발견되는 광증(狂症)의 주된 증상은 '관심 상실(désintérêt)'이다.

'청소년들의 경우에는 개인적, 사회적 미래에 대한 큰 희망과 관심이 발달하는 반면, 환자는 조금씩 자신의 처지에 대하여 무관심해진다. 공부는 따분하게 느껴지고 놀이나 스포츠에도 별 흥미가 없어지며 자연은 빛을 잃은 듯 회색으로 보인다. 큰 사건이 일어나도 마치 옛날이야기 속의 사건인 것처럼 냉담하게 받아들인다.'

결과는 무기력.

'환자들은 여러 날 동안 마치 이집트의 석상이나 고행

자처럼 꼼짝도 않는다.'

정서적 감정의 약화:

'어떤 불행의 소식을 접해도 반응은 태연하거나 심지어 빈정거리는 태도로 받아들인다.'

애매한 감정:

'일체의 사상은 한결같이 무가치하며 따라서 그 반대의 사상과 마찬가지로 흥미 없는 것이 된다. 따라서 $+o = -o$.'

내면적으로 야릇하고 괴로워 견디기 어려워지는 느낌:

예: "나는 열반에 들었어요. 우리가 함께 이야기를 나누고 있지만 내게는 비현실적으로 느껴져요. 나는 일체의 인간적 사고의 밖에 있어요. 나의 사고는 허깨비예요. 그것은 나와 아무런 관계가 없는 것일 뿐이에요, 등등."[59]

151

---

59 Maurice Dide et Paul Guiraud, *Psychiatrie*, 1922.(원주)

인식의 가치

　서양인은(여기서 내가 말하는 서양인이란 그가 살고 있는 장소가 아니라 그가 생각하는 것에 의하여 규정되는 일종의 정신 상태를 뜻한다.) 날이 갈수록 오로지 자기의 귀와 눈과 손, 그리고 그의 영향력과 힘을 증대시키는 모든 수단들, 즉 도구들과 논리적 추론들밖에 믿지 않는다. 그가 그런 것들에 속을 수도 있다는 것을 증명해 보라. 그러면 그는 회의주의에 빠져 버린다. 그를 회의주의에서 구제하는 방법은 단 한 가지밖에 없다. 즉 인간의 정신 속에는 여러 가지 범주들이 존재하는데 그 범주들 때문에 과학은 상대적이지만 그래도 그 범주들 덕분에 과학은 확실해지는 것이니 그 까닭은 그 범주들이 모든 정신 속에 존재하는 것이기 때문(사실 칸트가 말한 것은 바로 이것이다.── 그러나 우리가 절대에 도달할 수 있다고 칸트는 믿지 않는다.)이라고 그에게 증명해 보이는 것이 바로 그 방법이다. 인도에서 샹카라 역시 여러 가지 범주들을 긍정한다. 그러나 그의 경우 그중

한 가지 범주가 존재한다는 사실 하나만으로도 감각 세계의 인식을 무용지물로 만들어 버리기에 충분한 것이 된다. 우리가 절대를 생각할 때는 그 모든 범주 따위가 우리들에게는 불필요해진다는 사실 하나만으로도 그 인식은 값있고 유일하게 확실한 것이 되기에 충분하다.

　이 근본적인 대립성은 내 마음을 황홀하게 한다. 세계와 신 중에서 하나를 택해야 한다. 우리는 오로지 세계를 통해서만 세계로 갈 수 있고 신을 통해서만 신에게로 갈 수 있다.

　'이해 불가.' 우리의 행동과 독립된 것으로 존재한다고 우리가 믿는 우리의 개성이 사실은 우리 행동들의 단순한 산물에 지나지 않는다는 것을 어떻게 인정한단 말인가? 우리는 이미 어떤 과거를 가지고 세상에 태어난다는 사실을? 하나하나의 사건은 우리의 존재를 지배할 뿐만 아니라 그 존재를 구성하기도 한다는 사실을? 'fieri(생성, 유전(流轉))'가 'esse(존재)'보다 먼저이며 더 상위의 것이라는 사실을

153

어떻게 인정한단 말인가?

　전 우주가 무너져 내리는 가운데, 죽음 같은 것은 전혀 대수롭지 않게 여길 뿐만 아니라 탄생이란 너무나도 당연하고 필연적인 일이어서 그저 그 탄생을 모면할 수만 있다면 그것이 대단한 일이라고 여기는 사고방식을 어떻게 이해한단 말인가? 살아남을 것을 믿기 위해서 우리에게 신앙이 필요하듯이 저들에게는 생명이 꺼지는 것을 믿기 위해서 신앙이 필요한 것이다.

　파스칼의 말: "머리 위로 흙을 한 삽 쏟아붓고 나면 마침내 영원히⋯⋯."

　불교도 나가세나의 말: "한 생명이 이 땅 위에 태어났다가 여기서 죽는다. 여기서 죽은 그는 다른 곳에서 다시 태어나 거기서 죽고 운운."

　내 친구 코르넬리우스는 우리가 함께 바라나시의 어느 거리를 걷고 있을 때 마침내 인도를 구경하게 되었으니 즐겁냐고 내게 물었다. 그는 무심의 땅을 구경하는 나 또한

154

무심하다는 것을 깨닫지 못했다.(여기서 '코르넬리우스'와 '나'는 상상의 인물들임을 상기할 것.)

코르넬리우스: 여기서는 어떤 사람들은 고행을 극단적인 광기로까지 밀고 나가는가 하면 다른 사람들은 병이 날 정도로 방탕 속에 빠진다.(때때로 그 양쪽이 동일 인물일 때도 있다.) 그들은 마치 짐승들처럼, 혹은 미치광이들처럼 산다.

나: 그들은 과연 영원과 시간 사이에 공통된 척도가 없다는 것을 잘 느낀다.

코르넬리우스: 그리스인과 기독교도는 그래도 인간의 위치가 무엇인지를 알고 있다. 다양한 삶의 도취경과 단일한 사고의 메마름 사이에 그들은 온갖 종류의 단계들을 다 정해 놓았으니까. 그들은 존재(l'Être)와 생성(le Devenir) 사이에서 하나의 '통일 공식'을 찾아냈다.

나: 진리란 신 중심적일 수밖에 없다.(단 한 사람에게는.)

코르넬리우스: 그렇지만 소를 숭상하면서 쇠똥을 먹고

155

쇠오줌을 마시는 풍속이며 염소를 죽여 제물로 삼는 짓, 과부를 죽은 남편과 함께 화형시키는 풍습, 그리고 어린아이들의 결혼 풍습이야 어디…….

　나: 그만두게. 내 말 좀 들어 봐. 랭보가 고향 샤를빌에 대해서 불평하는 소리가 들리지 않는가?

　전혀 존중받지 못하는 인간. 이것이야말로 반드시 필요한 것이 아닐까? 인간의 가장 훌륭한 몫은 바로 인간을 자기 자신으로부터 벗어나게 만드는 그것이니까……. 폭력에 의하여, 힘에 의하여, 계책에 의하여 터무니없는 제도에 의하여, 견딜 수 없는 속박에 의하여 인간으로부터 그의 신성이 분출하도록 하는 것이다.

실현

　코르넬리우스: 우리가 지금 이야기하고 있는 그 '절대', 그대에게는 바로 인도의 영광으로 보인다는 그 절대를 우리 유럽에서도 탐구해 보지 않았던가? 인도는 그것을 위하여 예술이고 과학이고 역사이고 인간성이고 다 희생한다고 그대는 말하지. 그런데 우리는 그것을 위하여 아무것도 희생시키지 않았지만 여전히 그것을 목표로 삼아 왔어.

　나: 그러나 저들은 절대를 '실현'했어. 저들은 절대를 자기의 것으로 만들었고 절대는 저들 속에서 육화되어 매 순간 저들의 살과 피와 생명이 되었다고. 아리스토텔레스와 그의 신 사이의 거리를 헤아려 봐. 기독교도들, 유대교도들, 회교도들과 그들의 신 사이의 거리를 헤아려 보라고. 저들은 저들의 지혜를 통해서 절대를 송두리째 다 명상하고 있어. 플로티노스가 명상의 명백한 우월성에 대하여 한 아름다운 말을 알고 있을 거야. 우리는 모두 그와 같은 의견이야. 우리가 혹시라도 그와 의견을 달리할 때 우리는 밀

수꾼들의 철학인 가장 천박한 실용주의로 전락하는 거야.
인도는 극도로 '이해관계에 집착해'. 그러나 그건 우리의
무사무욕을 초월하는 집착이지. 우리에게는 영성체, 강생,
대속, 종교 의식 — 때로는 광기 — 가 있지만 저들에게는
일상의 현실, 명명백백한 자명함이 있어.

    무케르지는 최근 펴낸 그의 책에서, 자기가 그냥 순진
하게 왜 윌슨은 피케트 카드 놀이에서 '14점' 패를 잡지 못
했느냐고 간디에게 물었더니 "그 사람이 과연 한 점 한 점
마다 각기 일 년씩 심사숙고했는지, 한 점 한 점마다 불멸
의 일생을 걸 수 있을 만큼 충분히 오랫동안 단식을 하고,
신에게 기도를 했는지?" 하고 간디가 그에게 반문하더라고
전한다.

    이것이야말로 존재(être)에 의한 사고(idée)의 전체적
이고 '완전한 표현'이다. 서양에서는 실용주의가 그 완전한
표현의 위조 제품을 우리에게 제공하고 있는데 그것은 바
로 태도가 사고를 낳는다고 하는 난센스다. 고대 사람들의

이상이었던 그 전체적 표현(감옥과 죽음에서 도망치기를 거절하는 소크라테스, 의사가 자기에게 주는 마약을 마시는 알렉산드로스 대왕)이 — 비록 고대 사람들이 성스러움이 아니라 신중함의 한계 속에, 계시가 아니라 심사숙고의 한계 속에 갇혀 있기는 했지만 — 오늘날 우리에게는 너무나도 낯선 것이 된 나머지 우리는 언어라는 저 불완전한 (그러나 예술을 위해서는 그렇게도 중요한) 표현을 업신여길 지경에까지 이르렀다.(사람들이 문학 같은 소리는 집어치우라고 말할 때, 그것은 생각이 아무런 구체적 실현이나 표현 따위를 필요로 하지 않는다는 뜻인데 이것은 곧 출발점을 도달점으로 착각하는 것이다.)

　이런 관점에서 볼 때 프루스트의 다음과 같은 짤막한 한마디는 얼마나 의미심장한 것인가.

　"아마도 지적, 윤리적 작업이 도달하게 된 경지는 예술적 장르가 어떤 것인가를 보고 판단할 것이 아니라 오히려 언어의 특질을 보고 판단해야 할 것이다."

159

인간은 변할 수가 없다고 누가 말하는가? 인간은 지금까지 변화밖에 한 것이 없다. 기독교의 성인은 고대의 현자와 닮은 것도 아니고 현대의 시민과 닮은 것도 아니니 말이다. 러시아 사람들은 어떤 '새로운 인간'을 만들려고 노력 중이다.

인도가 가져온 지적 혁명을 무엇이라고 부르면 좋을까? 어떤 비현실주의. 우선 인간적인 것으로부터 벗어나고 그다음에 세계로부터 멀어져야 한다. 인간적인 삶과는 거리가 멀다는 의미에서 동물들의 삶 — 일관성이 없다는 의미에서, 즉 인간적 지성에 저항적이라는 의미에서 세계, 즉 틀에 갇히지 않은 모든 것. 이 말은 우리가 일관성이 없는 것을 지향해야만 한다는 뜻이 절대로 아니다. 초현실주의자들도 어처구니없는 일(scandale)이 필요한 것이라고는 생각하면서도 그것을 목표로 간주하지는 않는다. 통일성을 반대할 수는 없다. 그러나 어떤 체계 속에 갇혀서 어쩔 줄 몰라 하지 않으려면 통일성을 딱 꼬집어 이름 붙이는

것은 피해야 할 터이므로 그 정신적 관점을 그저 비우주론
(acosmisme), 혹은 비현실주의(irréalisme)라 불러 두는 것
이 낫겠다.

탐구의 종착점이 '존재(l'Etre)'이냐 아니면 '무(le Néant)'
이냐 하는 것은 별로 중요하지 않다. 도대체 탐구 같은 것
은 있지도 않다. 왜냐하면 대상은 매 순간 발견되고, 하나
의 사실이 여러 사실들 사이의 어떤 관계를 대신하듯이 현
실이 진실을 대신하기 때문이다. 만약 서양 사람이 무(無)
에 대하여 이야기한다면 아마도 그보다는 덜 위선적일 것
이다. 그러나 만약 행복의 감정이 존재의 표시라면, 그렇
다, 존재는 실제로 있다. 천분의 일 초 동안만 **정신을 딴 데
팔아 보는 것**(distraire)으로 충분하다. 쇠사슬이 끊어졌다.

161

1830년대의 낭만주의자들은 오늘날의 낭만주의자들에
비한다면 얼마나 행복했던가! 낯설게하기를 경험하려면
그저 딴 고장에 가 보기만 하면 되었다.(다만 네르발과 노발
리스만은 예외다). 그런데 오늘날 사람들은 이성을 지워 버

리려고 하고 삶의 경계선을 뛰어넘어 보려고 한다. 이 새로운 낭만주의자에게는 다만 방향성이 결여되어 있을 뿐이다.

우리들 인간의 감정과는 거리가 먼 감정을 가진 동물들의 삶은 교훈적이다. 개들이나 새들이 우리에게 가르쳐 줄 수 있는 것이 무엇이겠는가! 반면 고양이들과 원숭이들은 …… 그들은 우리가 커다란 도약을 할 수 있도록 준비시켜 준다.

사라져 버린 날들

2월 6일은 모든 사람들의 기억 속에 1934년의 어떤 정치적 일화를 상기시킨다. 그런데 나는 그해 2월 6일에 무슨 생각을 하고 있었던가? 그저 오늘이 내 생일이구나, 그리고 오늘로 나는 한 살 더 먹었구나 하는 생각.

　　한 살 더, 그러니까 살날이 한 해 덜. 그리하여 그 생일날 나는 바캉스(vacance)를 가졌다. 바캉스란 일체의 행동이나 사고나 의사 교환이나 오락을 하지 않는 것을 뜻했다.(그러니까 그것은 '휴가(vacances)'가 아니었다.) 나는 진공을 만들려고 했고 시간을 중단시키려고 했다. 무슨 반성을 하자는 목적에서도 아니었고 무슨 준비를 하자는 목적에서도 아니었다. 과거는 분명 죽었고 미래는 형태가 없는 상태였다. 언제나 손에 잡으려면 벗어나는 것이 그 본질인 현재가 아주 예외적으로 마치 기름에 의해서 잔물결들로 변하는 파도처럼 질펀해져 버릴 수는 없을 것인가? 나는 '묵상'을 하자는 것이 아니었다. 묵상이란 이 세계의 바탕과는 다른 바탕에서 여전히 계속되는 어떤 삶을 전제로 한다. 전진과 추락이 있고 또 무슨 방향 등이 있는 그것은 여전히 어떤 삶인 것이다. 나는 오히려 무(無)를 열망하고 있었다. 말을 거창하게 했지만 그저 나 자신을 잊어버리게 하고 싶었다는 뜻으로 이해하라.

알아들을 수 있게 말하자면 그저 잠이라고 말했어야 옳았을 것이다. 그런데 몽상 쪽이 보다 큰 매력이 있었다. 잠과 깨어 있음 사이의 그 몽롱한 상태는 불가항력인 연속성에서 벗어나면서도 그것에서 벗어난다는 행복한 의식을 잃지 않고 지니게 해 준다. 그 상태는 날들을 아주 지워 버리지는 않고, 마치 카드 요술을 부리는 사람이 '기막힌 재주'를 시작하기 전에 카드를 섞듯이 날들을 뒤섞어 놓는다. 그러나 그 기막힌 재주가 바로 이 순간인걸! 하고 나는 생각하고 있었다. 아침 새들의 비상과 저녁 새들의 비상을 서로 마주치게 만들 수 있다는 것은 인간적인 기쁨 이상의 것이다. 오늘 다른 사람들은 자기의 일기 수첩(agenda, 어원적으로, 내가 해야 할 일들이라는 뜻)을 들여다보고 있는데, 나는…… 아무것도 하는 일 없는 공백의 페이지다. 완전히 공백 상태인 오늘만이 아니다. 내 일생 속에는 수많은 페이

165

지들이 거의 공백 상태다. 최고의 사치란 무상으로 주어진 한 삶을 얻어서 그것을 준 이 못지않게 인심 좋게 사용하는 일이며 무한한 값을 지닌 것을 쪼잔한 이해관계의 대상으로 변질시키지 않는 일이다.

내가 지금 이렇게 재구성하여 표현해 본 그때의 생각, 그 불경한 생각은 사실 꼬집어 표현할 수 없는 것이었다. 그 생각은 지중해의 햇빛을 받아 녹아내렸다. 알제에서 보낸 2월 6일, 나는 바다를 바라보려고 아랍인들 동네 카스바 꼭대기로 올라가고 있었다. 엄청난 정적…… 그렇다. 날씨가 나빴는데도 엄청난 정적이었다. 바람에 퍼덕이는 저 깃발을 보아라, 하고 입문하려는 제자에게 티베트의 승(僧)들은 말한다. 펄럭이는 것은 깃발인가 바람인가? 이렇게 대답해야 한다. 그것은 깃발도 아니고 바람도 아닙니다. 그것은 정신입니다.[60] 그날 내 정신을 펄럭이게 하던 것은 평소 내 정신을 괴롭히곤 하던 그 어느 것도 아니었다. 판에 박힌 타성으로 변질된 직업의 속박, 다른 사람과의 의사소통 불능, 같은 땅에 모여 살면서 서로 싸우는 대신 믿음 속

60 이것은 본래 당나라 선승 혜능(慧能, 638-713)이 말한 것으로 널리 알려져 있다. 혜능의 이 말은 언어로는 나타낼 수 없으나 내심으로 깨달은 궁극적 진리의 실증, 즉 "심인(心印)"과 무관하지 않다. 사실 그르니에의 「사라져 버린 날들」은 혜능의 조사어록(祖師語錄)인 동시에 자서전적 기록인 『육조단경(六祖壇經)』이 가르치는

에서 자신들의 힘을 찾아내야 마땅할 이 백성들의 상호 몰
이해 등 — 어떤 성질의 기쁨에 다른 사람들이 소외되고 있
지 않다고 느껴야만 비로소 삶의 즐거움을 맛볼 수 있는 한
이기주의자에게 그토록 슬픔을 안겨 주던 그런 모든 것들
중 그 어느 것도 아니었다.

　　그러나 그날, 얼마나 엄청난 정적이었던가! 나는 그 단
조롭게 퍼덕이는 소리에 주의를 기울이며 마치 자기의 수
단을 상실한 비행사가 자기에게 전해 오는 음파의 파동만
을 믿듯이 그 소리가 인도하는 대로 따라갔다. 그냥 그렇게
걸어만 갔다. 그러니까 그것은 내가 조금 전에 말했던 것처
럼 어떤 무(無)를 향한 걸음이 아니었다. 왜냐하면 나는 나
를 잡아 주고 있는 어떤 줄을 따라가고 있었으니까. 장밋빛
과 흰빛의 바둑판무늬 같은 카스바, 내 주위를 에워싸고 있
는 사창가의 푸른빛 정면, 상자 갑같이 반듯반듯한 유럽 사
람들의 집들, 내 발밑에 펼쳐진 고등학교의 직사각형 교사
들, 팔처럼 곡선을 그리는 해군청, 군데군데 쪽빛으로 짙어
지는 푸른 바다가 나를 저희들의 존재에 참여시켜 주고 있

167

무념(無念), 무작(無作), 진공(眞空), 묘유(妙有)의 세계를 공유하
는 암시들로 가득 차 있다.

었고 그 존재가 내겐 환상처럼 느껴지기는 했지만 결국 나 자신의 존재보다 더한 환상도 덜한 환상도 아닌 것이어서, 우리는 나나 저희들이나 한결같이 아무런 의지할 버팀대도 없지만 서로서로를 지탱해 주고, 매 순간 우리들의 상처를 통해서 우리 자신의 삶이 새어 나가도 어쩔 수 없지만 그래도 서로의 피를 주고받음으로써, 그 자체로 환원된 채 존재하지 않는 것을 존재하게 만드는 절대적 통일(l'Unité)을 은밀하게 실감하고 있었으니까 말이다.

물론 내가 그 같은 응결된 통일성에 단번에 이른 것은 아니었다. 응결된 통일성은 오로지 아무런 노력을 하지 않고 세월이 감에 따라 비로소 얻어진다. 처음 그곳에 갔을 때 나는 어떤 가상의 고통 때문에 곧 그곳을 떠나 버릴 생각을 하지 않을 수 없었다. 그러나 나는 시험 삼아 그리고 마치 감방에 갇힌 수인이 감방에서 나가듯 중심에서 변두리로 한번 나가 본 것이었다. 좁은 골목들, 높은 집들, 숨막히는 공기. 나는 멀리 와 있었는데도 갇혀 있었다. 어디서부터 멀리? 어디에 갇혀서? 훗날 나는 내 주위에 여러 개의 뿌리들이 내리게 한 뒤에야 내가 욕망했던 것을 사랑하기 시작했고 또 그다음에는 내가 사랑하고 있는 것과 나 자신을 더 이상 분간하지 않게 되었다. 마침내 행복감에 젖어서 다른 모든 것들과 가까이 있는 어떤 것이 되기 위하여 내게 필요했던 저 물밑 작업의 생각과 나 자신은 서로 분간할 수 없는 상태가 되었다. 나는 나의 떨어져 나옴과 나의 향수의 항상 현전하는 추억과 서로 분간할 수 없는 상태가 되었다. 다시 가까워지는 것……. 나는 오직 나무들, 하늘, 동물들, 침대, 탁자의 일상적인 되풀이를 통해서만, 육체적이고 자연적인 기조(基調)에 의해서만 다시 가까워질 수 있다. 우리는 항상 어딜 가나 우리를 따라다니는 어떤 존재를 우리의 마음속에 지니고 있다는 것이 사실이라면 그 다른 존재는 단순한 정신적 애착만으로도 가까워질 수 있다. 그러나 더 나약한 나는 기껏 죽은 자의 입이 흙에서 가까워지듯 가까워지는 것이 고작이다.

169

보로메 섬들61

가장 먼 곳에 대한 사랑을 …….

— 차라투스트라

이런 말을 구태여 할 필요가 있을까? 이걸 솔직히 고백할 필요가 있을까? 북쪽 지방의 어느 낯선 고장으로 자리를 옮기고 보니 내게는 삶이 무겁고 시가 없어 보였다. 시가 없다는 말은 더할 수 없이 단조롭기만 한 것에서 매 순간 새로운 면을 발견하게 만드는, 저 뜻하지 않은 놀라움이 없다는 뜻이다. 그런데 나는 새롭게 여겨지는 것에서 단조롭기만 한 면을 발견해 가는 중이었으니…….

나는 나를 자연과 가장 가깝게 이어 주는 무엇이 없나 하는 쪽으로 관심을 돌려 보았다. 거리를 지나는 동물들(말들과 개들), 나무들 ― 별로 많지는 않았지만 ― 그리고 심지어 꽃가게 진열창 너머 자라고 있는 식물들에까지, 그런데 어느 날 그 어느 꽃가게가 '보로메 섬으로!'라는 간판을 달고 있는 것을 보았을 때 내가 얼마나 놀랐겠는가.

하늘은 어둡고 포석들은 더럽고 집들은 잿빛인 이 도시에서 이 간판이 얼마나 안 어울리는 것일지 당신은 상상할 수 있을 것이다. 그 대조에 나는 가슴이 저려 오는 것을 느꼈다. 이탈리아 북부 마조레 호수에 잠겨 있는 세 개의

171

61 스위스 국경에서 가까운 이탈리아 북부 피에몬테 지방의 마조레 호수에 있는 다섯 개의 섬들로 15세기 이래 그중 가장 큰 섬 둘을 소유하고 있는 롬바르디아 지방의 보로메오(Borromeo) 가문에서 유래한 이름이다. 다섯 개 섬 중 마드레, 벨라, 페스카토리만 방문 가능하다.

섬들이 눈앞에 보이는 것만 같았던 것이다. 어머니 섬, 어부들의 섬, 아름다움의 섬, 종려수들, 오렌지 나무들, 레몬 나무들, 그리고 그 섬들의 꼭대기를 뒤덮은 온갖 종류의 나무들. 그것은 곧 지상 낙원의 모습이었으니…… 연옥에 있는 나를 위하여 하늘이 열리고 있었다. 나는 미모사, 등나무꽃, 장미꽃 냄새로 가득 찬 공기를, 이솔라 벨라[62]의 비둘기 떼가 날아다니는 그 너무나도 무거워진 공기를 깊이 들이마셨다. 요즘 사람들이 모두 다 수치스럽게 여긴다는 그 육체적인 행복을, 그러면서도 다른 사람들을 죽여 가면서까지 갖고 싶어 하는 그 육체적 행복을 맛보고 있었다. 다른 행복을 모르는 사람들에게는 하늘이 주신 선물이나 타고난 능력이나 은총과 맞먹는 것으로 여겨지는 그 육체적 행복을. 자연스러우면서도 억누를 길 없는 그 무엇을.

오랫동안 나는 왜 그런 간판을 붙이게 되었는지 그 연유를 알려고 하지 않았다. 그것이 연상시키는 것을 꿈꿔 보는 것만으로 충분했다. 나는 거기서 가장 먼 곳의 부르는 소리 같은 것을, 신기루의 매혹 같은 것을 느꼈다. 나는 꽃

62 보로메 섬들 중 하나, 아름다움의 섬.

172

가게 주인이 어떤 절박한 꿈의 힘에 굴복한 것이려니 하고
생각했다. 그리고 어느 날 그를 알게 되었다. 허름한 가게
치고는 너무 화려한 그 이름은 그의 전 주인이 지은 것이라
고 그는 말했다. 전 주인은 어떤 이탈리아 외교관과 개인적
인 관계가 있는 여자였다. 그러고 보면 그 '섬들'은 북쪽 지
방의 어떤 돈키호테의 이상이나 안개 낀 지방 어느 부르주
아의 가상 천국이 아니라 그저 일상적 감정의 가장 직접적
인 표현이었던 것이다. 그 사실은 내게 어떤 경고같이 여겨
졌다. 가장 먼 곳과 이제는 작별할 필요가 있었다. 나는 가
장 가까운 것 속에서 피난처를 찾지 않으면 안 되었다.

여행을 해서 무엇 하겠는가? 산을 넘으면 또 산이요 들
을 지나면 또 들이요 사막을 건너면 또 사막이다. 결국 절
대로 끝이 없을 테고 나는 끝내 나의 둘시네아63를 찾지 못
하고 말 것이다. 그러니 누군가 말했듯이 이 짧은 공간 속
에 긴 희망을 가두어 두자. 마조레 호반의 자갈밭과 난간을
따라가며 사는 것은 불가능하니 그저 그것의 영광스러운
대용품들이나 찾을밖에!

173

63　이상적 여인. 돈키호테가 꿈에 그리는 여인.

그럼 무엇을? 그렇다, 태양과 바다와 꽃들이 있는 곳
이면 어디나 나에게는 보로메의 섬들이 될 것 같다. 그리
고 너무나 무너지기 쉽고 너무나 인간적인 보호인 마른 돌
들의 담벼락 하나만으로도 나를 격리시켜 주기에 족할 것
이고, 어느 시골 농가의 문턱에 선 두 그루의 시프레 나무
만으로도 나를 반겨 맞아 주기에 족할 것이나…… 한 번
의 악수, 어떤 지성의 표시, 어떤 눈길…… 이런 것들이 바
로 ── 이토록 가까운, 이토록 잔혹하게 가까운 ── 나의 보
로메 섬들일 터다.

새 번역을 내놓으며

저마다의 마음속에
떠도는 섬

독자들에게 변함없는 사랑을 받아 온 장 그르니에의 『섬』을 사십 년 만에 완전히 새로 번역하여 펴낸다. 이 책의 초판은 1980년 12월 10일에 민음사에서 나왔다. 당시 이 아름다운 —— 이 표현은 적절하지 않다 —— 이 "비밀스러운" 책의 감당하기 어려운 암시들에 홀린 나머지 너무 조바심하며 번역한 탓인지 오늘 다시 살펴보니 곳곳에 서두름과 부주의로 인한 번역의 오류, 적절하지 못한 표현, 불확실한 이해, 누락된 문장들이 눈에 띄어 그동안 독자들에게 받은 사랑에 비례하는 부끄러움을 감출 수가 없었다. 아직도 만족스럽다고는 할 수 없으나 이제야 새 번역을 내놓으면서 번역의 기준이 되는 두 가지 관점을 밝혀 두고자 한다.

　　첫째, 장 그르니에 특유의 금욕적 문장의 기품과 비밀을 살리기 위하여 과도한 설명적 번역 문장의 친절을 피하려고 노력했다. 장 그르니에는 재료들을 조합하거나 서로 연결하는 것이 아니라 마치 견고한 통나무나 대리석을 더 이상 깎을 수 없을 때까지 깎아 내어 마지막 남은 작품

의 핵심, 혹은 진면목을 찾아내는 조각가처럼, 죽음과 마주
앉은 수도사처럼, 절제와 정신의 헐벗음을 가장 큰 덕목으
로 삼아 생각하고 글을 쓰는 철학자다. 그 점, 책의 첫머리
에 붙인 짧은 몇 마디는 독자들에게 보내는 일종의 경고와
도 같다: "신앙, 연민, 사랑과 같은 것도 과연 실재하는 현
실들임에 틀림없다. 또 고대 사원은, 교회는, 궁전은, 그리
고 오늘날의 공장은 절망을 막아 주는 든든한 피난처들이
다. 인간이 후천적으로 얻은 그런 것들……은 여기서 말하
려는 바가 아니다." 이것은 헛된 장식들이나 위안 따위와는
거리가 먼 부정과 거부, 다시 말해 금욕적 고행의 세계다.
따라서 번역문의 단어 및 음절의 수를 가능한 한 최소화하
여 그 자체로 섬들처럼 고독하고 견고하고 격리된 문장들,
혹은 어휘들 주위에 큰 침묵이 고이도록 유의하였다. 다음
으로 글의 깊은 암시와 의미를 부연 설명하는 것이 아니라
비교적 독립된 지식과 관련된 각주들을 최대한 자세히 추
가하여 독자들의 이해를 도왔다.

177

지금은 너무 오래되고 너무 손을 타서 집어 들면 책장들이 분리되어 떨어지고 노랗게 바랜 종이가 과자처럼 부스러지는 이 책의 1959년도 불어판. 그 낡은 책을 서가에서 다시 꺼내어 펼쳐 보니 그 표제 면에 책을 구입한 날짜와 장소가 표시되어 있다: "Le 21 Sept. 1971, Aix." 꼭 반세기 전, 넓은 포도에 책장만큼 큰 플라타너스 낙엽이 굴러다니던 이역의 엑상프로방스. 쿠르 미라보 대로변에 위치한 '프로방스' 서점이 눈에 선하다. 나는 이제 겨우 프랑스 말 강의를 조금씩 알아듣게 된, 박사 과정에서 카뮈를 공부하는 이십 대 학생이었다. 그때 카뮈 읽기를 통해 처음 "발견"한 이 책의 신비와 감동은 바로 「케르겔렌 군도」의 첫머리에 날카로운 조각상처럼 새겨져 있었다. "나는 혼자서, 아무것도 가진 것이 없이, 낯선 도시에 도착하는 것을 수없이 꿈꾸어 보았다. 그러면 나는 겸허하게, 아니 남루하게 살 수 있을 것 같았다. 무엇보다 그렇게 되면 '비밀'을 간직할 수 있을 것 같았다." 당시 낯선 도시에 가진 것 없이 도착하여 실로 겸허하고 남루하게 살던 나로서는 그 문장들 속 섬과

도 같은 "비밀"이 가슴 깊숙한 곳으로 파고들어 상처로 박
히는 것을 느끼지 않을 수 없었다.

　1970년대 후반 어느 날 이 책을 단숨에 번역해 그 원
고를 들고 여러 출판사를 찾아다녔다. 모두 거절했다.
이 나라에는 아직 장 그르니에가 누구인지 들어 본 사람
이 아무도 없던 시절이었다. 내가 자주 드나들던 민음사
의 박맹호 사장님이 물었다. 장 그르니에, 이 사람, 유명해
요? ― 프랑스에서는 꽤 알려져 있죠. ― 세계적으로 유명
해요? ― 글쎄요……. 결국 민음사에서도 거절당하고 원고
뭉치를 다시 싸 들고 집으로 돌아왔다. 그리고 얼마 뒤, 월
간《문학사상》편집위원의 말석을 차지하게 된 어느 날, 나
는 이어령 주간께 프랑스의 아름다운 산문 시리즈(카뮈, 장
그르니에, 가스통 바슐라르, 조르주 풀레……)를 기획하여 소
개하자고 제안해 허락을 받았다. 그 첫머리에 소개한 산문
이 장 그르니에의 「공의 매혹」, 그리고 바슐라르의 「수련」
이었다. 그 글이 월간지에 실려 서점에 나가자 독자들이 반

응했다. 며칠 뒤, 민음사의 박맹호 사장님이 내게 급히 전화를 걸어왔다. 지난번 가지고 왔던 그 원고가 《문학사상》에 실은 그 사람 글이오? — 네. — 그 원고 빨리 가져와요. (사실 『섬』의 책머리에 실은 역자의 짧은 서문 「글의 침묵」은 당시 《문학사상》에 프랑스 산문 시리즈 연재를 시작하며 붙인 서문이다.) 이렇게 하여 그 초판이 빛을 보았고, 사십 년 동안 『섬』은 독자들의 꾸준한 사랑을 받아 그르니에의 많은 저서들이 우리말로 번역 소개되었다. 그 후 나도 『카뮈-그르니에 서한집』, 『지중해의 영감』 등을 더 번역했다.

『섬』을 소개한 뒤, 오랜 세월이 경과한 2012년 여름, 나는 오트프로방스 산간에 흩어져 있는 작은 마을들을 떠돌다가 "케이크 위에 박은 체리" 같은 13세기적 중세 성탑이 산꼭대기에 박혀 있는 시미안 라 로통드 마을에 들러 점심 식사를 하게 되었다. 좁은 골목의 그늘진 곳에 식탁 몇 개를 벌여 놓은 식당 주인에게 혹시 장 그르니에가 살던 집이 어딘지 아느냐고 물어보았다. 여주인이 반색을 하면서

그의 아들 알랭 그르니에 대사가 바캉스 때면 이곳 시골집
에 내려온다면서 마침 며칠 전에, 곧 내려올 예정이니 자기
집 창문들을 열어 환기를 해 달라고 전화로 부탁했다는 것
이었다. 나는 언덕 아래쪽에 있는 장 그르니에의 옛집 앞에
서서 오래도록 보라색 라벤더가 찬란한 프로방스의 빛을
받고 있는 들판을 바라보았다. 그리고 거기서 그리 멀지 않
은 마조레 호수 한가운데의 보로메 섬들을 떠올렸다. 언젠
가 이 지루한 코로나 역병에서 해방되는 날이 오면 로카르
노에서 멀지 않은 마조레 호수 가운데 뜬 그 섬들을 찾아가
보고 싶다.

그러나 우선 여기, 우리들에게서 가장 먼…… 그래서
가장 가까운…… 먼지를 떨어 내고 새로 단장한 아름다움의
섬, 어머니의 섬…… 보로메의 섬들이 여러분을 기다린다.

2020년 10월
김화영

181

장 그르니에 선집 1
섬

1판 1쇄 펴냄	1997년 8월 30일
1판 45쇄 펴냄	2019년 12월 11일
2판 1쇄 펴냄	2020년 10월 16일
2판 8쇄 펴냄	2023년 3월 9일

지은이 장 그르니에
옮긴이 김화영
발행인 박근섭, 박상준
펴낸곳 (주)민음사
출판등록 1966. 5. 19. 제16-490호
주소 서울특별시 강남구 도산대로1길 62(신사동)
　　　강남출판문화센터 5층 (우편번호 06027)
대표전화 02-515-2000
팩시밀리 02-515-2007
홈페이지 www.minumsa.com
한국어 판 ⓒ (주)민음사, 1997, 2020. Printed in Seoul, Korea
ISBN 978-89-374-0285-2 04860
　　　978-89-374-0284-5 (전4권)